Manfred Eichhorn
Der Weg auf dem Seil

Manfred Eichhorn

Der Weg auf dem Seil

Ein Heimatroman

Verlag Eppe GmbH · Bergatreute

Die Deutsche Bibliothek – CIP-Einheitsaufnahme

Eichhorn, Manfred:
Der Weg auf dem Seil : ein Heimatroman /
Manfred Eichhorn. – Bergatreute : Eppe 2000

ISBN 3-89089-364-3

Umschlagvorderseite: *Seiltänzer in Meersburg*
Nach einem Gemälde von Hans Dieter, Meersburg

© 2000 Verlag Eppe GmbH, Bergatreute

Alle Rechte vorbehalten

Satz und Druck:
Verlag und Offsetdruck Eppe GmbH, Bergatreute
Buchbinderische Verarbeitung:
Buchbinderei Klotz, Jettingen-Scheppach

ISBN 3-89089-364-3

Welches ist der Weg?
Ein Mensch der offenen Auges
in einen Brunnen fällt.

Zen-Koan

*Die Nachtigallen sangen den folgenden Morgen so
herrlich und so schmetternd, und ich wunderte mich,
wie sie in der Nähe eines so konfiscierten Orts
noch einen Ton anschlagen könnten.*

JOHANN GOTTFRIED SEUME
SPAZIERGANG NACH SYRAKUS IM JAHRE 1802

*Glücklicherweise bekam ich doch noch bettweise
ein ordentliches.
Der Wirth fragte mich aber beim Eintreten,
ob ich auch etwas essen und trincken werde.*

PHILIPP JAKOB WIELAND, WANDERTAGEBUCH

Die Dörfer stellen sich beim Näherkommen tot.

WERNER HERZOG, VOM GEHEN IM EIS

1.

Es war wie immer: Die Leute gerieten in Panik. Weil aber die Gefahr weder sichtbar, noch in irgend einer Weise spürbar war, beruhigten sie sich bald wieder. Schließlich lag Tschernobyl weit. Und wer glaubt schon gerne den ewigen Schwarzsehern.

Gewiß, keiner wußte so recht, woran er nun eigentlich war.

Einige Tage lang hatte man auf Blattsalate, auf Frischmilch und Rohgemüse verzichtet. Die Kinder wurden gründlicher und öfter gewaschen, und es wurde darauf geachtet, daß sie sich nicht im Grase wälzten.

Die Leute flüchteten vor dem Regen und gingen der Sonne aus dem Weg. Nicht aber dem Nachbarn. Mit ihm gab es wieder eine Vertrautheit, wie es in Notzeiten der Fall ist. Die gemeinsame Angst verband, auch das Einhalten der gemeinsamen Vorsichtsmaßnahmen. Die Vertrautheit hielt auch noch an, als man schon wieder in burschikosen Reden sich mit der Gefahr auseinandersetzte, oder sich mit ihr abfand.

Wie gesagt, eine unsichtbare, nicht akut spürbare Gefahr hat es schwer sich durchzusetzen. Auf die Dauer verliert sie an Glaubwürdigkeit.

Nach einer knappen Woche hatte der Innenminister gesagt, es bestehe keine Gefahr mehr. Die

Radioaktivität wär soweit zurückgegangen, daß man eine Gesundheitsgefährdung ausschließen könne. Einem Innenminister glaubt man gern. Im übrigen traut man jedem mehr, als sich selber.

Ich aber hatte mich endgültig zu meiner Wanderung entschlossen.

2.

Ob es der richtige Zeitpunkt war?

Ich weiß es nicht.

Ich weiß nur, daß ich mich nicht mehr umstimmen lassen wollte. Diese Wanderung war mein Lebenswunsch, und einen Lebenswunsch sollte man sich erfüllen, solange es noch geht. Und ich spürte, daß es jetzt an der Zeit war.

Lena hatte Bedenken. Vielleicht normalisiert sich alles wieder, sagte sie. Doch sie traute ihrer eigenen Hoffnung nicht. Das sah man ihr an.

Seltsam, mit einem Male werden alle Wichtigkeiten nebensächlich, und das, was man ein Leben lang vor sich hergeschoben und hinausgeschoben hat, rückt plötzlich in den Mittelpunkt. Auch sie wollte ja die Wanderung, wenn auch unter anderen Umständen. Umstände aber kann man sich nicht aussuchen. Man muß sich mit ihnen abfinden. So ist es nun einmal und nicht anders.

Überhaupt hatte ich Lena nie so ängstlich gesehen, wie in den Tagen nach dem Reaktorunfall. Vielleicht lag das daran, daß sie sich nie um Politik gekümmert hatte. Nun überraschte sie die Politik, und sie wußte nichts anzufangen mit all den Nachrichten, Warnungen und Beruhigungen. Die Nachrichten waren spärlich und widersprüchlich. Aber gerade darin lag wohl das Bedrohliche.

Der Nachrichtensprecher sagte, die Lage habe sich stabilisiert.

Was aber in Wirklichkeit sich stabilisiert hatte, das mußte jeder mit sich selber abmachen.

Lena saß vor der weißen Wand und meditierte; danach erledigte sie ihre hundertacht Niederwerfungen. Kopfschüttelnd gab sie mir ein Zen-Koan auf: *Wenn du nichts tun kannst, was kannst du tun?*

3.

Nichts verriet die Natur. Im Gegenteil, sie täuschte vor, daß alles in Ordnung wäre. Sie spielte uns eine Idylle vor, und wir wehrten uns nicht dagegen.

Lena räumte den Wäscheschrank ein und hörte dabei Nachrichten.

Dort hieß es, daß die freigewordenen Substanzen zum größten Teil alle sehr kurzlebig seien. Ihre Halbwertszeit beträgt nur Wochen und Tage, und bei der Ernte im Sommer und Herbst seien sie zu ungefährlichen Mengen zerfallen.

Auf einem anderen Programm wurden Ratschläge von Experten in den Isotopenlabors gegeben: Vom Bauer keine Milch kaufen, der seine Kühe schon auf die Weide getrieben hat. Eier nur noch von Legebatterien. Kein Rasenmähen. Nicht mit Straßenschuhen das Haus betreten. Auf alles Frischgemüse, das im Freien geerntet wurde, vorerst verzichten. Den Kindern erklären, daß sie sich vom Rasen fernhalten sollen. Die Wäsche nicht im Freien trocknen.

Dann schaltete sie um auf Musik. Ohnehin hatten wir nicht mehr viel Zeit, denn wir mußten zur Arbeit.

Eine Wanderung sollte keine Flucht sein, sagte Lena.

In der Stadt war die Stimmung eigenartig: Während in den Apotheken die Jodtabletten, und in den Supermärkten das Gemüse aus der Tiefkühltruhe, sowie haltbare Milch, ausverkauft waren, Konserven und selbst Trockenmilch in solchen Mengen angeschafft und gehortet wurden, als gelte es sich auf ein längeres Überleben einzurichten, ging doch alles weiter wie gewohnt. Post und Müllabfuhr kamen pünktlich. Die Fahrpläne von Bus und Bahn hatten weiter Bestand. Die Hauseigentümerin kehrte mit gleichem, vorwurfsvollem Blick, die Straße, und vor dem Eisstand warteten einige Kinder. Die Zeitung steckte im Briefkasten und brachte, wie jeden Dienstag, die Gewinnquoten der Lotterien. Im Schließfach der Bank lagen, wie an jedem anderen Tag, meine Bankauszüge. Sie hatten noch immer nichts Trostspendendes. An der Ampel blieb man bei Rot stehen, und überquerte die Straße erst, wenn der grüne Mann darunter aufleuchtete. Die Ordnung schien unverwundbar. Nichts konnte man ihr anhaben. Nichts ihr Entgegensetzen. Sie glich einer Festung, die man nicht einnehmen konnte.

Nicht ins Gewicht fielen die Demonstrationen; sie waren vielmehr Teil dieser Ordnung, ein Ventil, das diese Ordnung offen ließ, um jedem Einzelnen das Gefühl zu vermitteln, er könne etwas bewirken, dürfe mitentscheiden.

Die Ordnung aber lachte sich ins Fäustchen. Und dirigierte damit ein Orchester, das willig war, fügsam war, mit einfachen Mitteln unter einen Hut zu bringen. Ein Orchester, in dem kleine Dissonanzen nicht auffielen. Die überschrien wurden mit Pauken und Trompeten.

Lena sagte, die Leute wollen nicht die Wahrheit wissen, sondern beruhigt werden.

Was aber die Wahrheit war, wußte auch keiner so recht.

Es schien, als vertrete jeder die Wahrheit, die ihm am meisten nützte.

Um mich selbst machte ich mir mehr Gedanken, als um die Menschheit.

War ich, zugegeben, anfänglich distanziert, so entsprach diese Distanz der Entfernung des Unglücksortes. Erst als die Wolke sich über uns entladen hatte und ich mir der Verseuchung bewußt wurde, nahm ich die Menschheit als Leidensgenossen an. Doch hegte ich keinerlei Argwohn gegen die vom Wind sich treibenlassende, unparteiische Wolke. Die Gedanken hingen am Großen und Ganzen, und ich spürte, wie ich leichtfertig wurde mit mir selbst.

Wir waren froh, am Abend wieder zu Hause zu sein.

Die Wiesen waren gelb vom Löwenzahn, und überall trugen die Bäume Blüten. Noch immer spielte die Natur Verstecken mit uns.

4.

Ich hatte meinen Entschluß gefaßt. Nur, wie sollten wir es Thekla beibringen. Der Buchladen lief gut in diesen Tagen. Auch Lena meinte, es gehe jetzt nicht. Ein paar Tage könne man den Laden alleine führen, aber nicht länger. Dann wächst die Arbeit an, und irgend etwas müsse man immer vernachlässigen.

Vor bald zwei Jahrzehnten hatten wir den Buchladen gegründet. Seither hielt er uns gefangen. Selten gab er uns frei. Und wenn, dann nur für Tage. Er spiegelte das wieder, was draußen passierte. Lena sagte, der Laden wäre ein kleiner Kosmos, in dem sich im Kleinen abspielte, was draußen in der Welt vor sich ging. Früher waren es Marcuse, Adorno, Marx und Engels, die über die Ladentheke wanderten, um ein neues Bewußtsein zu schaffen. Heute paßte die ganze Theorie auf einen Aufkleber. *Atomkraft, nein danke!*

Auch die Literatur ließ zu wünschen übrig. Gedichte hießen jetzt Verschenktexte. Und die Gedichte, die immer noch Gedichte hießen, verstaubten in den Regalen. Da ergriff ich manchmal, zum Trost, Rowohlts Inventurgeist, und stieß mit Thekla auf die alten Zeiten an, die sie natürlich nicht kannte.

Lena dagegen trieb es in ihrer Sinnsuche zu Zen-

Meistern hin, die sich im Laden immer breiter machten.

Der Buchladen lief gut, das war ungewöhnlich für diese Jahreszeit. Manchmal hatte ich das Gefühl, als wolle ein jeder sich noch schnell einen Wunsch erfüllen, einen, den er schon lange mit sich herumgetragen hat. Oder sah man im Buch plötzlich wieder das Beständige? War das Buch zum Fluchtpunkt geworden?

Natürlich gab es auch ein Informationsbedürfnis, das über die Illustriertenberichte und Fernsehkommentare hinausging. Man wollte genaueres wissen über Strahlenrisiko, Cäsium, Barium, Stronzium, Ruthenium, Plutonium; sich zurechtfinden in dieser neu aufgebauten Landschaft, in der mit Becquerel und REM gerechnet wurde, diesem Irrgarten neuer Begriffe, die sich in unser Bewußtsein setzten, hartnäckig, als hätten sie ein Leben lang schon ein Anrecht darauf.

Doch über das Informationsbedürfnis hinaus führte die Flucht zu den schönen, den vergangenen Büchern. Als wäre die Welt einmal in Ordnung gewesen und das Leben lebenswert.

Wenn es nach der Arbeit geht, könnten wir niemals weg, sagte ich Lena.

Lena winkte ab. Es ist ja nicht nur die Arbeit.

Was dann?

Alles eben. Und das Gefühl, man ließe etwas im Stich.

Aber wir wandern ja nicht aus, entgegnete ich ihr.

Dann fang das kostbare Pferd deines Geistes.

Auf Lenas Koans gab es keine Antwort. Sie dienten allein der Verwirrung. Manchmal machten sie mich wütend.

Thekla hatte keinerlei Einwände. Im Gegenteil.

Ich werde das schon schaffen, sagte sie. Auf eine Woche mehr oder weniger komme es ihr nicht an. Und zerbrich dir den Kopf nicht darüber, sagte sie zu Lena.

Die Dinge sind nun einmal wie sie sind, und schließlich sollt ihr ja einmal so richtig Urlaub machen.

Sie wußte nicht, daß eine Wanderung mit einem Urlaub nichts gemeinsames hat. Urlaub, das ist nichts weiter als eine Unterbrechung von Gewohnheiten, jede Wanderung aber ist ein Aufbruch.

5.

Am Himmelfahrtstag riß mein Nachbar seine Setzlinge aus den Beeten und warf sie in den Mülleimer. Dann trug er die Erde ab und warf auch diese dazu.

Er war wütend.

Doch als er seine Arbeit beendet hatte, war er still und schaute vor sich hin auf die Erde.

Als ich mit ihm ins Gespräch kommen wollte, sagte er nur: Das mit der Gartenarbeit will auch nicht mehr so.

Mein Nachbar konnte sich noch nie so recht ausdrücken. Diesmal aber, glaube ich, habe ich ihn ganz und gar verstanden.

Anderntags schüttete er drei Schubkarren voll Blumenerde auf die Beete und deckte sie danach, mit einer Konstrukion aus Fensterscheiben, ab.

Dann rief er zu mir herüber: Von oben kann jetzt nichts mehr passieren!

6.

Lena war noch einen Tag zuhause geblieben. Um noch alles in Ordnung zu bringen, wie sie sagte. Man braucht die Nachbarin, damit sie die Blumen gießt und sich um die Katze kümmert.

Im Garten hat sie nichts mehr getan. Nichts in den Beeten gemacht. Nicht einmal den Rasen gemäht. Selbst das Werkzeug hat sie draußen liegen lassen. Vom Garten wollte sie jetzt nichts mehr wissen.

Ich hatte noch ein Gespräch mit dem Steuerberater, der Details zur Bewertung der Inventur wissen wollte. Und ich unterschrieb für Thekla einige Blankoschecks für dringende Zahlungen.

Thekla gab ich noch allerlei andere Anweisungen, die nicht notwendig waren. Schließlich wußte sie genauso Bescheid wie ich selbst.

Wer sich aber solange unentbehrlich gemacht hat, dem fällt es schwer, diese Rolle so mir nichts dir nichts abzulegen.

Es gibt ja Telefon, sagte ich. Bestimmt rufe ich täglich an. Thekla lachte.

Also gut, sagen wir einmal die Woche.

Jetzt umfing mich der Laden wieder mit so einer Vertrautheit, in der ich mich wohl fühlte, so daß es mir schwerfiel am Abend mich von ihm zu trennen; das Abschließen der Ladentür wie ein Abschiednehmen war.

Während ich mir überlegte, welches Buch ich auf die Wanderung mitnehmen würde, berührte ich die in kleinen Stapeln ausgelegten Novitäten wie Heranwachsende, die sich behaupten müssen, und ich streichelte sie mit meiner ganzen Zuversicht.

Thekla war schon früher gegangen. Sie war sehr lustig gewesen beim Abschied und hatte viel gelacht. Aber ich wußte, daß bei ihr die Trauer immer sonderbare Formen annahm.

Sie sagte, die Zeit werde sowieso schneller vergehen als man denkt, und sie wäre froh, uns für eine Weile los zu sein. Aber je mehr sie darüber lachte, desto trauriger wurden ihre Augen, und dann mußte sie ganz schnell den Laden verlassen.

Lena hatte tagsüber schon einiges für die Wanderung vorbereitet. Es war eine Aufgabe, an der sie Gefallen fand. Galt es doch, nur das Allernotwendigste mitzunehmen. Ein wenig so zu sein, wie ihre Mutter und Großmutter, damals, als sie Flüchtlinge waren. Lena liebte das Reduzieren. Vielleicht, weil ihre Mutter es längst abgelegt hatte. An diese Zeit der Entbehrung erinnerte nur noch die fahrbare Holzkiste aus dem Lager Friesland, die sie auf den Speicher gestellt hatten, wie ein Stück abgetragenes Leben.

Den Abend über half ich Lena bei den Reisevorbereitungen.

Nebenher lief der Fernseher. Ein Sprecher der Regierungspartei meinte: Die Katastrophe von Tschernobyl wird ohne Auswirkungen auf Planung und

Bau weiterer Kernkraftwerke und Wiederaufbereitungsanlagen bleiben. Es bestehe keine Veranlassung, die Planung zu ändern.

Lena fragte mich, warum ich die Wanderung gerade jetzt wolle.

Weil eine Wanderung alles reduziere, sagte ich ihr, und weil in der Reduzierung eine eigene Lebensqualität liegt.

Damit lag ich, ich wußte es, auf Lenas Wellenlänge. Sie packte weiter die Rucksäcke, verstaute Ausweise und Geld, und legte für den nächsten Morgen Schuhe und Kleidung parat.

Später im Bett schien es mir, als hätte ich seit jeher auf den Beginn dieser Wanderung gewartet.

Lena sagte, ich habe das Gefühl, als wäre die ganze Erde erkrankt, und jede Krankheit schreit nach Veränderung.

Ich griff zu Seumes *Spaziergang nach Syrakus im Jahre 1802.* und las den letzten Abschnitt: *In Syrakus ging ich durch alle drey Thore der Festung als Spaziergänger, ohne daß man mir eine Sylbe sagte: auch bin ich nicht weiter gefragt worden. Das war doch noch eine artige stillschweigende Anerkennung meiner Qualität. Den Spaziergänger läßt man gehen.*

Ich stellte das Buch zurück. Es stand neben Werner Herzogs *Vom Gehen im Eis* und neben den *Wandertagebüchern* des Glockengießergesellen Philipp Jakob Wieland.

Ich hatte mich auf diese Wanderung gut vorbereitet.

7.

Der Morgen war kühl, es war neblig, und die halbhohen Wiesen waren naß. Es war noch früh am Morgen. Kaum jemand, der unterwegs war, nur einige Kirchgänger eben, weil Sonntag war.

So verließen wir das Dorf fast unbemerkt, während die Kirchenglocken zur Frühmesse riefen. Nur der Kettenhund schlug an, bis er uns erkannte. Er gehörte Metzens. Vor dem Umbau war das der Rainbauerhof gewesen. Der Hund schaute uns enttäuscht nach, als wisse er von unserer Fußreise, die wir, Verräter, ohne ihn unternahmen.

Die Wege waren uns vertraut. Und was einem vertraut erscheint, nimmt man irgendwann nicht mehr wahr.

Es wird so selbstverständlich wie der eigene Atem.

Nur beim Abschiednehmen ist es das Vertraute, das man vermißt, noch ehe man es verlassen hat. So war jeder Schritt wehmütig, jeder Blick auf das Vertraute ein Abschiedsblick. Jeder Weg, der uns entfernte, schon jetzt ein Heimweg.

Lena schaute sich oft um. Das Bild des Dorfes, mit dem plumpen Kirchturm und dem Schloß, wollte sie sich einprägen, als könnte es sich, während wir wanderten, verändern.

Wir gingen die schmale Straße nach Marienfried.

Vor der Kapelle begegneten wir der Haushälterin der Gebetsstätte, die uns, auf unsere Rucksäcke deutend, fragte, wohin es denn gehe.

Einfach so drauflos, sagte ich.

Und Lena ergänzte, Richtung Bodensee. Aber wer weiß, wie weit wir kommen.

Die Haushälterin aber hatte schon weggehört, hatte weiter die Stufen gekehrt, und erst, als wir schon ein gutes Stück weg waren, rief sie uns nach: Da versäumen sie ja die Lichterprozession heute Abend.

Schade, rief Lena zurück, aber da kann man nichts machen.

Durch den Wald ging es nun. Den Irrwald, den Zauberwald, den Feenwald, *den Wald-in-dem-alles-möglich-ist*. Wieviele Namen hatte er nicht! Und als er uns ausspuckte, kam die Sonne; zögernd zwar, unschlüssig, doch einmal da, ließ sie sich nicht lange bitten und blieb bis zum Mittag. Dann verschwand sie hinter einer dichten Wolkendecke und machte sich rar.

Wir waren inzwischen, den Feldern entlang, nach Weißenhorn gewandert, hatten wenig, ja fast gar nichts gesprochen, zu sehr spukte es in unseren Köpfen. In wirre Selbstgespräche verwickelt, plapperte es unaufhörlich wild, doch vollkommen konzeptlos ins uns; da wurde aufgebracht losdiskutiert, bis alles in einem Trance-Traumzustand endete, mal wohlig, mal schaurig, wie das so ist.

Erst die Kirchenglocke weckte uns. Da waren wir

schon in der Stadt, fühlten uns von den Kirchgängern verfolgt und flohen so durch die Hauptstraße, durchs Stadttor. Die Elfuhrmesse war soeben zuende zelebriert worden. Das Fresko am Stadttor zeigt den Bauernführer Jörg Ebner, der mit dem Weißenhorner Bürgermeister verhandelt. Das war im Jahre 1525. Und die Weißenhorner sind noch heute stolz darauf, daß sie sich der Bauern, dem Pöbel, erwehrt und sie zurückgeschlagen haben. Sie fühlen sich als Kriegsgewinner. Kein Krieg danach hat daran etwas ändern können. Jedes fremde Gesicht betrachten sie mit Argwohn. Ein Feind könnte sich dahinter verbergen.

Und wir erinnerten uns und erzählten uns die Geschichten die uns einfielen. Vom Mann der mit der eigenen Tochter und vom Pfarrer, der mit der Haushälterin, und das schon seit Jahren. Kleinbürgergeschichten, die hier gediehen, wie die Sumpfdotterblumen an der Biber.

Und wenn uns die Geschichten ausgingen, so hat der Wind ein paar neue hergetragen; alle Ecken rochen nach Geschichten, jede Zaunlatte, jeder Pflasterstein. Und erst die Bänke am Kirchplatz! Selbst die Bäume hätten geschwätzig werden können, hätte man die dafür notwendige Geduld aufgebracht.

Der frühe Nachmittag deckte uns mit Regenwolken zu, die von Osten herzogen. Ein Regenguß trieb uns bei Emershofen unter die Autobahn. Dort verharrten wir, bis das Schlimmste vorüber war. Als es dann nur noch nieselte, schlossen wir unsere Regenmäntel bis zum Halse und trauten uns weiter.

Der Regen hatte noch immer etwas Panikmachendes. Uns war, als würde noch immer eine Gefahr von ihm ausgehen.

Lena sagte, so schnell wird uns der Regen nicht mehr geheuer. Ein ungutes Gefühl wird man immer haben, selbst dann, wenn man es nicht mehr begründen kann.

Wir hatten nun das Ried vor Augen. Und das kleine Gasthaus, in dem früher immer die Wanderer und Ausflügler eingekehrt waren, oder, an den heißen Tagen draußen, unter den Kastanien, Bier tranken und die Tellersulzen aßen, für die die Wirtin bekannt war.

Jetzt erinnerten wir uns der Bilder, aber ohne Vertrautheit.

Während in unserem Rücken die wenigen Autos Richtung Allgäu rasten, zeigte sich uns die Landschaft gedemütigt. Zerfurcht von den Zufahrtswegen und Zubringern, zerschnitten von der Autobahn selbst, lag sie da, entstellt, wie etwas Gemartertes.

Es gab eine Zeit, da bin ich mit Lena hier durchs Wiesland gegangen. Kein Weg, der uns fremd war. Jeden Saumpfad kannten wir. Dem Bachlauf sind wir, meist barfuß, gefolgt, und haben im Oktober die Nußbäume dort geplündert.

Da stieg eine Wut in mir hoch, die nichts mehr nützte, weil alles schon geschehen war.

Die Wut beschleunigte aber meinen Schritt, und Lena hatte Mühe mitzuhalten. Als wir nach Bellenberg kamen, schlug die Kirchturmuhr vier. Wir standen auf der Anhöhe und schauten auf den alten Dorfteil, zu dem ein Stufenweg abwärts führte, der, in anderer Richtung, als Kreuzweg diente. Entlang dem Geländer rankte wilder Efeu und weiter unten umsäumte blühender Flieder den Weg.

Der alte Dorfteil bestand nur aus ein paar Höfen, die aber alle noch bewirtschaftet wurden. Wir gingen den schmalen Weg, der sich zwischen den Höfen krümmte. Ein Hund schlug an. Eine Bäuerin betrachtete uns mißtrauisch und grüßte nach einigem Zögern.

Eingebettet von den Höfen, und doch ausgesondert, weil man sie wegen Einsturzgefahr zu meiden hatte, stand noch die alte Kirche.

Indes ragte der freistehende, schmucklose Kirchturm der neuen Kirche aus den simplen Neubauten der zersiedelten Au in den bewölkten Himmel und hob sich gegen die dunklen Wolken gespenstisch ab.

Auf der anderen Seite der Bundesstraße, die den alten vom neuen Dorfteil trennte, erstreckten sich Reihenhaussiedlungen, ein neues Schulhaus mit Turnhalle und Kindergarten, und weiter hinten die Einfamilienhäuser der besser situierten im Allgäuer Stil mit den Rasengärtchen davor.

Und hinter all dem hob sich das dunkle Grün des Illerwaldes ab.

Hier hatten wir vor Jahren gewohnt, ohne zuhause zu sein.

Das einzige was uns damals noch hielt, war die Iller, der Fluß, mit dem sich Lena allabendlich verbündete. Sie saß dann am steilen Ufer und meditierte, während ich stromabwärts bis zur Biegung rannte, und durch den Wald, zu Lena, zurücklief.

Jetzt sagte Lena, je näher das Ziel kommt, desto größer wird die Erwartung. Sie freute sich auf den Fluß. Seit wir weggezogen waren, hatte sie ihn nicht mehr gesehen.

Bellenberg hatten wir rasch durchwandert, auch das letzte Waldstück, den letzten Feldweg, der zur Kanalbrücke führt.

Schon hörten wir das Rauschen. Die Iller war ganz nah. Nur noch ein Steinwurf entfernt.

Der Fluß hieß uns willkommen, denn als er uns sah, hielt er einen Moment lang inne. Dann strömte er weiter, als gäbe es nichts zu versäumen. Wir kletterten das steil abfallende Flußbett hinunter und setzten uns dicht ans Wasser.

Nie war ein Ort schöner.

8.

Der Fluß war also da, und wir waren bei ihm. Er strömte dahin, kaum kniehoch, machte Wellen, die laut und schäumend an die Ufersteine der kleinen Landzunge schlugen.

Aufhalten ließ er sich nicht mehr.

Wir saßen da und dachten über den Fluß nach. Über den Fluß aber ist alles gesagt: Er ist ewiges Fließen. Er ist Anfang und Ende. Der Fluß ist immer neu. Der Fluß ist Harmonie.

Was also sollte noch gesagt werden?

Daß der Fluß nicht anschwillt, ohne trübe zu werden? Es läuft kein Fluß den Berg hinan. Alle Flüsse laufen ins Meer. Wenn der Fluß überschritten, ist der Heilige, den man angerufen hat, vergessen. Du steigst nicht zweimal in den selben Fluß.

Über den Fluß ist alles gesagt.

Die Wolkenwand über uns wurde dunkler. Wir verließen den Platz am Ufer und wanderten den Illerweg stromaufwärts weiter. Dort verdeckten zuweilen dichte Weiden den Blick auf den Fluß. Dann aber lag er uns wieder zu Füßen, und wir betrachteten ihn, wie man alte Fotografien betrachtet. Überhaupt war das der Weg, der in meinen Tagträumen spukte. Wann immer ich an diese Wanderung dachte, dachte ich an diesen Weg, entlang der Iller. Dabei bedeutete er nicht mehr, als eine knappe

Stunde Wegzeit. Und was war das schon, gemessen an der geplanten Wegstrecke, die noch vor uns lag. In meinen Tagträumen aber hatte die Zeit von jeher nichts zu suchen, und was einmal in Gedanken durchgespielt und durchphantasiert wurde, läßt sich schwerlich mit einer neuen Realität vereinbaren.

Als die Wolken nun aber so dicht über uns hingen, daß sie herabzustürzen drohten, beeilten wir uns, die Brücke zu erreichen, die zum Sanatorium Brandenburg führte, welches trutzig hinter den hohen Schwarzerlen auftauchte. Nun, auf der Brücke, sahen wir auch die Häuser von Regglisweiler, jenem Ort, in dem Sebastian Funk wohnte.

Auf der Brücke blieben wir stehen. Schauten und hörten noch einmal dem Wasser zu, das gegen die Brückenpfeiler schlug, und dann, wie betäubt, den Weg durch die Zwischenräume suchte.

Wir verließen die Brücke, gingen durchs Dorf bis ans andere Dorfende. Dort war das Haus von Sebastian Funk, dem ich vor einigen Tagen einen Brief geschrieben hatte, in dem ich ihm unser Kommen mitgeteilt hatte.

Ich kannte Sebastian, solange ich zurückdenken konnte. Er wohnte in unserer Nachbarschaft. Als Kind fürchtete ich mich vor ihm. Ich weiß nicht mehr genau warum. Vielleicht war es auch keine richtige Furcht. Aber unbehaglich war er mir schon gewesen. Auch als er viele Jahre später plötzlich bei uns im Buchladen stand, wurde es mir unbehaglich. Aber das änderte sich schnell, denn er kam nun regelmäßig in unseren Buchladen.

Wir begannen miteinander Tee zu trinken und über Bücher zu plaudern. Er liebte die Poesie, und er liebte es, wenn er mit Lena die Kunst des Teetrinkens praktizierte.

So entstand eine Freundschaft. Ein paar Jahre später starb seine Frau. Nun kam er seltener in den Buchladen, interessierte sich nicht mehr für die Literatur. Zuletzt ließ er sogar den Tee unberührt. Und kam überhaupt nicht mehr.

Da er nie ein Telefon wollte, beschränkte sich unsere weitere Beziehung auf Besuche bei ihm, die bald seltener wurden, da er uns unwirsch zu verstehen gab, allein sein zu wollen.

Inzwischen waren fünf Jahre vergangen. Jetzt plagte uns die Ungewißheit. Ja, lebte er überhaupt noch. Mit einem Male verwirrte mich die Vorstellung in ein unbewohntes Haus zu kommen. Die Vorstellung gar, jemand anderer könnte dieses Haus bewohnen, schien mir unerträglich.

Warum wollten wir überhaupt bei Sebastian übernachten? Welch eine Schnapsidee! Und warum hatten wir nicht eine andere Route gewählt, als die über Regglisweiler? Warum überhaupt diese Wanderung?

Für einen Augenblick hätte ich gerne alles rückgängig gemacht.

Dann aber dachte ich, bei dieser Wanderung führt kein Weg an Sebastian Funk vorbei.

Nun standen wir bereits vor seinem Haus; einem kleinen, verwinkelten Haus mit Erkern, Türmchen, kleinen Vorbauten und einem Gärtchen davor, den ein schmiedeeiserner Zaun vom nichtgeteerten Gehweg trennte.

Mit dem wilden Wein, der zu beiden Seiten des Eingangs zum Giebel hochkletterte, und den wildwuchernden Blumenrabatten, wirkte das Haus noch verwunschener, als ich es in Erinnerung hatte.

Kaum, daß wir uns hineintrauten. Allein das Herunterdrücken der schweren Gartentür kostete Überwindung. Aber als wir diesen Schritt einmal getan hatten, wagten wir es auch zu schellen. Es dauerte eine Weile, bis ein grauhaariger Kopf aus dem oberen Erkerfenster schaute. Es war Sebastian Funk.

Nicht verändert hatte er sich. Er sah aus wie vor Jahren, und er sah aus wie damals, als ich noch ein Kind war: Eine hagere Gestalt mit schlohweißem, welligem Haar, das jetzt noch etwas länger war und bis in den Nacken fiel.

Er mußte nun schon auf die achzig zugehen. Nicht, daß er jünger gewirkt hätte, beileibe nicht. Er wirkte wie ein rüstiger Greis. Und so wirkte er schon, als ich noch ein kleiner Junge war. Sein Aussehen hatte sich nie merklich verändert. Keine Spuren hatte die Zeit in seinem Gesicht hinterlassen. Oder waren schon damals alle Spuren gesetzt?

Jetzt, wie er vor mir stand, tauchten die Erinnerungen auf.

Ich sehe ihn aus dem Wald kommen; den Handkarren vollbeladen mit Holz, die Pfeife im Mund. Als er den Wagen durch die Gartentür bugsiert hat, ruft er die Katze. Er ruft zwei-, dreimal. Die Katze kommt nicht. Er weiß das, aber er ruft sie trotzdem.

Jetzt also stand er vor uns, als wäre die Zeit ein Hohn.

Er begrüßte uns wie einer, der in seiner Arbeit gestört wurde. Dennoch war ihm anzusehen, daß er sich freute. Das konnte er nicht verbergen. Es schien nur, als müsse er vor sich selbst die Unterbrechung seiner Arbeit rechtfertigen.

Dann sagte er, so habt ihr es also doch gewagt.

Ich nickte etwas verlegen, machte mir Vorwürfe, daß ich den Kontakt hatte so abreißen lassen. Und Lena fühlte ähnlich, das sah ich ihr an. Sie war leicht errötet. Dann aber lachte sie lauthals, wie es ihre Art ist, los, und umarmte Sebastian.

Nur herein mit euch, sagte er.

Vor der Tür zogen wir die Regenmäntel und die Schuhe aus.

Damit wir dein Haus nicht verseuchen, sagte Lena.

Drinnen erkannten wir vieles wieder. Die Möbel waren dieselben. Ich erkannte eine brusthohe Kommode wieder, die mich schon damals fasziniert hatte. Aus dunklem Holz waren an den Seiten Dämonenköpfe geschnitzt, die miteinander züngelten, mit langen spaltingen Zungen. Wollüstig dreinschauend, wirkten sie erregend und abstoßend zugleich.

In die Küche durften wir nicht. Nicht einen Blick durften wir wagen. Sebastian sagte, wir dürfen das Essen nicht beim Garen stören. Aber wahrscheinlich hatte er nur nicht aufgeräumt.

Er führte uns ins Wohnzimmer, das Eßzimmer zugleich war; stand doch am Fenster der große Tisch mit den sechs steifen Stühlen, der gedeckt war für drei Personen.

Den alten, gußeisernen Ofen hatte er noch, auch das zerschlissene Ledersofa, das mittlerweile noch mehr zerschlissen war, den Lehnstuhl, mit dem kunstledernen Bezug und den wuchtigen Bücherschrank. An den Wänden hingen noch immer die gleichen Bilder: Gemalte Alblandschaften, ein tibetisches Mandala, ein keltisches Kreuz.

Oben war sein karger Schlafraum. Nur ein Bett, ein Nachttisch, ein Schrank. Kein Bild an der Wand. Kein Buch irgendwo. Nur ein Stuhl noch in der Ecke. Sonst nichts. So karg wie Goethes Schlafraum.

Das andere Zimmer oben, das er als sein eigentliches Reich bezeichnete, war ein großer, weitläufiger Raum, hell durch die vielen, kleinen Fenster. Inmitten stand ein klobiger Schreibtisch, auf dem ein Wirrwarr von Zetteln, Bücher, Bilder und Schreibutensilien sich angesammelt hatte. In den Wandregalen tummelten sich allerhand magische

Symbole: Abraxas und Kröte, Skarabäus und Eule, Rosenkreuz, Lebensbaum und das chinesische Langlebigkeitssymbol.

Zwei Erker waren an der Ostseite. Vom linken führte eine kleine Treppe in ein Türmchen, Durchmesser nicht mehr als zwei Meter. Dort stand noch das gute, alte Teleskop, seine Sternwarte, auf die er seit jeher stolz gewesen war.

Noch bevor ich sie mir aber näher anschauen konnte, rief er uns zu Tisch.

Er hatte gekocht für uns. Indonesische Kutteln und Lauch, dazu Blechkartoffeln mit Eierdip.

Die Blechkartoffeln sind für die Vegetarier hier, sagte Sebastian, und schaute Lena vielsagend an, wohl weil er sich noch erinnerte, daß Lena kein Fleisch aß.

Die aber stammelte nur, das wäre doch nicht notwendig gewesen, und alles wäre der Umstände zuviel.

Sebastian aber wehrte ab; alles hätte keine Mühe gemacht.

Nun saßen wir am Tisch und wir prosteten uns mit dem herben Rotwein zu, den Sebastian bereitgestellt hatte. Und Lena brachte ein Haiku als Toast: *Im milden Mondschein Trinkt man Reiswein Unter den duftenden Pflaumen.*

Ich löffelte die Kutteln, brockte das weißgenetzte Landbrot in das Lauchgemüse und beobachtete Lena, die ihre Blechkartoffeln in die Eiersoße dipte. Es ging uns gut. Ich spürte, wie alle Wünsche sich auf diese Mahlzeit reduzierten. Ein Gespräch kam erst später und schleppend in Gang. Wo fängt man auch an, wenn etliche Jahre wie Barrikaden zwischen einem stehen, wie Dämme, die sich nicht einreißen lassen. Wenigstens über Tschernobyl könnte man reden, dachte ich. Darüber redete jetzt doch jeder.

Doch Lena hatte in diesem Moment nach Rezept und Zubereitung der aufgetischten Speisen gefragt; drängend und bittend, bis Sebastian das Geheimnis der Blechkartoffeln im Eierdip, unter dem Siegel der Verschwiegenheit, wie er Lena lachend beschwor, preisgab.

Das Messer muß scharf sein, sagte Sebastian, wie die Klinge eines Schwertes, als Symbol des scharfen Verstandes. Benütze also nie ein stumpfes Messer beim Zubereiten der Speisen.

Dann wähle die Gewürze: Sesam für Erfolg, Lavendel für klaren Verstand, Rosmarin für Gesundheit, Kümmel für Geld. Die Kartoffeln aber fördern die Harmonie.

Dabei spießte er ein letztes Kartoffelstück auf die Gabel und schob es sich, schier zeremoniell, in den Mund.

Da lachte Lena, als hätte sie seine Geheimniskrämerei durchschaut. In diesem Augenblick erhob ich erneut das Glas und stieß mit Sebastian an.

Auf deine Gesundheit, sagte ich.

Es geht mir gut, antwortete er, gesundheitlich und überhaupt.

Unsere Entschuldigungen, warum wir so lange nichts von uns hatten hören lassen, schlug er in den Wind.

Der Kreis schließt sich schon immer wieder, lachte er, trank uns zu und meinte kichernd, ihr Wanderer ihr.

Dann entkorkte er eine neue Flasche.

Laßt uns trinken, Kinder!

Aber erst wollen wir abräumen, sagte Lena.

Und diesmal halfen Sebastians Einwände nichts.

Lena stellte das Geschirr zusammen; gemeinsam trugen wir es, unter Sebastians Protest, in die Küche.

Dort herrschte in der Tat ein heilloses Durcheinander. Töpfe, Pfannen, Kasserollen, stapelten sich bereits in der steinernen Spüle und bekamen nun, durch unser Geschirr, noch Zuwachs. Gemüsereste und verschüttetes Gewürz klebten an der Küchenplatte.

Ansonsten wirkte der Raum, durch die vielen Gewürzdöschen auf dem Tellerbord, und durch die getrockneten Kräuter, die in Büscheln von der Decke hingen, eher wie eine Kräuterküche, als wie ein Witwerhaushalt.

Auf einem anderen, einem dunkelhölzernen Wandbrett standen irdene Tiegel und Blechdosen, beschriftet mit anrührenden Namen: Alraune, Stechapfel, Kalmus, stand da. Raute, Mohn und Schierling. Oder es stand nur Salbe 1 und Salbe 2 darauf. Und auf einem größeren Tigel, in Frakturschrift, Hauptsalbe.

Sieht fast wie eine Hexenküche aus, sagte ich, während mir Lena das abgewaschene Geschirr zum Abtrocknen reichte.

Es ist eine Hexenküche, gluckste Sebastian.

Ich habe schon bemerkt, daß es dich immer noch zum Magischen treibt, sagte ich.

Es treibt mich nicht, ich stecke mittendrin, feixte er. Wir alle stecken mittendrin. Nur daß es die einen wissen, die anderen jedoch nicht.

Dabei kehrte er die Küche aus, um dann, mit einer neuen Flasche Wein, auf uns zu warten.

Lena wischte noch Spüle und Ablage, rieb alles trocken, wusch sich die Hände und kam dann zu uns, die wir schon wieder am Tisch saßen und auf sie warteten.

Auf deine Gewürze und Kräuter, sagte sie, und erhob ihr Glas.

Ja, die Gewürze, sagte Sebastian, und zählte sie auf, zelebrierte sie beim Aussprechen auf der Zunge. Und er erzählte: Von der Taubnessel, die gegen Krampfadern hilft, dem Hirtentäschel gegen Nasenbluten und der Blutwurz gegen Durchfall. Vom Wundklee, der bei Krämpfen anzuwenden wäre, wie das Gänsefingerkraut bei lockeren Zähnen. Den stinkenden Storchenschnabel verwende man bei Ohrensausen und gegen Warzen helfe das Schöllkraut.

Auf alles was wiederkommt, lachte er, rülpste und trank.

Ich fragte ihn nach den Hexen.

Die wird man so leicht nicht los, sagte er. Und grinste.

Lena ließ nicht locker. Wollte mehr und Genaueres wissen.

Da beruhigte er sie, daß es keine häßlichen Weiber wären, die auf Besenstielen reiten und obszöne Riten praktizierten.

Später sprachen wir doch über Tschernobyl. Das verdarb ihm die gute Laune.

Wißt ihr, in welcher Nacht der Regen hier niederging? fragte Sebastian.

Es war die Nacht zum 1.Mai, antwortete Lena.

Ganz recht, die Walpurgisnacht, versteht ihr?

Du meinst, die Hexen hatten ihre Hände im Spiel? warf ich ein.

Aber Sebastian lachte nicht über meine Bemerkung, er überhörte sie, wurde ernst und wirkte plötzlich müde.

Wir haben es gespürt in dieser Nacht, sagte er. Irgend etwas lag in der Luft. Ihr müßt wissen, daß Beltane ein Freudenfest ist. Tanzend wird die Liebe zu den Bäumen, zu den Tieren und Steinen, zu allem was kreucht und fleucht, zu Himmel und Wolken, und zu den duftenden Blüten beschworen. Aber mitten im Tanz brach eine Traurigkeit aus, die wir uns nicht erklären konnten.

Und was geschah dann? wollte ich wissen.

Aber Sebastian wollte nicht weitererzählen. Was geschehen war, hatte ja alle Welt erfahren, brummte er.

Wie man es nimmt, warf ich ein, geredet hat man darüber, erfahren aber hat man nichts.

Und die Hexen? fragte Lena.

Sie trugen Trauer, sagte Sebastian, weil alle Dinge voneinader abhängen und in Beziehung zueinander stehen. Somit sind sie gegenseitig verantwortlich. Eine Handlung, die jemand schadet, wirkt sich auf alles schädlich aus.

Und die Schuldigen? fragte ich.

Da schaute er mich groß an, als spräche ich eine für ihn fremde Sprache. Mein Denken spürte ich in einer Art Dualismus gefangen, in der Leib und Seele bis in alle Ewigkeiten getrennt zwar, doch miteinander zu leiden hatten.

Als es schon auf Mitternacht zuging, schlug Sebastian vor, wir sollten morgen noch bleiben. Spät wäre es ja geworden, und bei einer Wanderung sollte man nicht hetzen. Die Qualität einer Wanderung mißt man an den Pausen, sagte er. Und im übrigen wären wir ja lange nicht mehr in der Gegend gewesen, obwohl sie vor unserer Haustür läge.

Er überließ uns das Schlafzimmer. Das Bett hatte er für uns frisch überzogen. Er wich auf das Sofa im Wohnzimmer aus.

Liegend dachte ich an Seumes Spaziergang nach Syrakus im Jahre 1802 und an sein Reisegebet, *daß der Himmel ihm geben möchte billige, freundliche Wirthe und höfliche Thorschreiber von Leipzig bis nach Syrakus.*

9.

In dieser Nacht begegnete mir meine Kindheit. Sie kam in viel zu großen Schuhen.

Jemand hatte ein Gelächter am Leib, das mir unangenehm war. Der forderte ständig etwas von mir. Doch was er auch forderte, ich verweigerte es ihm.

Dann endlich jagte ich den kleinen Mann aus dem Haus.

Er weinte. Und plötzlich verspürte ich Mitleid mit ihm.

Bald aber lag ich in meinem eisernen Kinderbett und fürchtete mich vor den Spinnen. Wer hatte mich nur dahin gebracht?

Ich muß nur das Licht anknipsen, dann kann ich sie sehen: Unzählige, dickbauchige Spinnen, schwarz und groß, so groß wie ein Handteller.

Vielleicht ist es aber auch nur eine, und nicht allzugroß.

Ich muß nur das Licht anknipsen, dann weiß ich es.

Aber ich kann mich nicht dazu entschließen.

Jetzt wird es schon hell, und ich bin noch immer auf der Flucht vor den Spinnen.

10.

Dann roch es nach Kaffee, und für einige Augenblicke hatte ich das Gefühl, verschlafen zu haben.
Lena war aufgestanden, ohne daß ich es gemerkt hatte.
Unten war der Frühstückstisch bereits gedeckt.
Lena hatte frische Semmeln besorgt.
In meinem Alter braucht man nicht mehr soviel Schlaf, sagte Sebastian. Und Lena meinte, sie hätte es wegen ihrer Beinschmerzen im Bett nicht mehr ausgehalten.
Tatsächlich spürte auch ich die gestrige Wanderung in allen Knochen. Wir klagten nun beide darüber, bis Sebastian uns eine Flasche mit Franzbranntwein brachte, mit dem wir uns einreiben sollten.
Lena hatte eine Tageszeitung besorgt, die ich nach dem Frühstück am Erkertisch las. Dort stand, daß der Run auf die Trockenmilchbestände anhielte, daß die jungen Mütter bei der Verteilung bevorzugt, und letztlich sogar auf die letzten H-Milch Vorräte Anspruch anmelden könnten. In der Sowjetunion fürchtete man, die Katastrophe könnte Moskaus Kornkammer verseuchen. Von toten Zugvögeln war die Rede, die in Finnland verendeten, nachdem sie über das Gebiet des in Brand geratenen Atomreaktors geflogen waren.

Ansonsten gab es hauptsächlich Sport, weil Montag war.

Lena rief mich in den Garten. Und Sebastian unkte, daß das Zeitunglesen einen verdirbt.

Die Zeitung ist eine Anhäufung negativer Nachrichten, die dich vergiften, sagte er.

Ich wehrte ab, legte aber die Zeitung beiseite und folgte in den Garten. Dort zeigte er uns seine Pflanzen. Zwiebel und Knoblauch hatte er gepflanzt, Petersilie und alle nur erdenklichen Küchengewürze, in Töpfen und geschützten Beeten. Liebstöckel, Majoran, Minze, Salbei und Senf, Bärlauch und Dill. An schattiger Stelle standen Kerbel und Eibisch, während sich Rosmarin und Thymian gegen die Sonne streckten.

Besonders stolz war Sebastian, daß er seine Laubholzmistel, ein kugelbuschiger Strauch, über den Winter gebracht hatte.

Ist alles noch ein wenig früh, sagte er. Das Johanniskraut dauert noch gut einen Monat, mindestens noch sechs Wochen das Bilsenkraut.

Zwar sah einiges noch dürftig aus, andererseits aber war zu erkennen, ein Wirrwarr aus Kelchblättern, Kronblättern, fiederteilig, gelappt und gezähnt. Krautpflanzen mit zottigen Drüsenhaaren an den Stengeln. Auch knollige Wurzelstöcke, fünfzipflige Trichter, Doppeldolden, und Blüten als Rosetten angeordnet.

Dann sprach er von seiner Ernte im vergangenen Jahr, wie reich sie gewesen war, und daß dieses Jahr wohl alles ein wenig anders werden würde. Zwar seien die meisten Kräuter noch unter Glas gewesen, gerade die empfindlichen, doch alles hätte er auch nicht schützen können, zumal vieles ja nicht angepflanzt sondern draußen gesammelt wurde.

Schritt um Schritt erforschten wir so den Garten, Geschichten säumten die kleinen Wege, vom Bilsenkraut, welches schon die Priesterinnen des Orakels von Deplhi bei ihren Weissagungen benutzten. Augenzwinkernd, ja lüstern, sprach er vom Stechapfel, zwecks seiner erotisierenden Wirkung, die, wie er grinsend behauptete, selbst Bordellmädchen arbeitsfreudiger stimmte. Und er fügte hinzu, sollte in keinem Haushalt fehlen, der Lüstling.

Von Goldrute und Pestwurz wußte er zu erzählen, von Alraunen und gewöhnlichen Wegwarten.

Er wußte, wie man sie anwendete und gegen welche Krankheiten sie halfen. Vor allem aber kannte er ihre metaphysische Bedeutung. Und wenn er davon sprach, so blickte er geheimnisvoll, als gälte es einen verlorengeglaubten Schatz zu bergen.

Es war, als ließe er uns ein wenig am Schlüssel seiner Erkenntnis riechen, den er aber, kaum daß wir geschnuppert hatten, wieder vor uns versteckte. Als er das Wort *Flugsalbe* aussprach, war er dermaßen darüber erschrocken, und er benahm sich, als wäre eine Tollheit von seinen Lippen gesprungen. Und um dies ungeschehen, ungesagt, zu machen, schlug er Hals über Kopf vor, er müsse uns unbedingt seinen Weinkeller zeigen.

Der aber bestand nur aus etwa fünfzig Flaschen, die in einem halbverfallenen Gewölbe, auf modrigen Holzgestellen, lagerten. Sie waren eingestaubt und rochen nach Verwesung.

Als wir wieder in den Garten traten, machte er uns auf die jungen Brennesseln aufmerksam, die er zum Trocknen an die geschützte Hauswand gehängt hatte. Sie wäre die größte aller Heilkräuter, behauptete er. Sie helfe bei Rheuma und Gicht, bei Gelenkenzündungen und auch bei Strahlenschäden.

Inzwischen war der Frühnebel hochgezogen, der Himmel war klar, und das Thermometer an der Hauswand zeigte fünfzehn Grad. Ein ideales Wanderwetter also. Und doch machten wir keinerlei Anstalten zum Aufbruch.

Sebastian meinte, wir sollten uns doch anschauen, wie der Ort sich, wenn auch nicht zum Guten, verändert hätte. Wir sollten an die Iller gehen, schlug er vor, oder über Brandenburg zur Römerschanze. Er aber hätte jetzt zu tun. Am frühen Nachmittag sollten wir wiederkommen, auf keinen Fall früher, bis dahin hätte er auch etwas für uns gekocht.

So gingen wir also los, zaghaft erst, den Bachlauf abtastend bis zum Hölzlesacker, dann zurück über Brandenburg.

Am Dorfende war eine neue Siedlung entstanden, vorwiegend aus Reihenhäusern und Fertigbauten, mit winzigen Gärtchen davor.

Alle Feldwege, die aus dem Dorf hinaus aufs Ackerland führten, waren asphaltiert worden. Einzig der Blick auf Weihungszell, wohin die Sonne, wie als Markierung, zeigte, war noch wie in der Erinnerung.

Vorbei an der Jungviehweide, zurück durch den Krähentann, einem Nadelwald mit schnurgeraden Waldwegen, wollten wir zurück, um noch am unteren Illergries zu verweilen.

Dort zumindest schien die Welt, weil unverändert auf den ersten, flüchtigen Blick, noch in Ordnung. Dort schien alles nur dem Wandel der Natur zu unterliegen.

Auf dem Rückweg durchs Dorf trafen wir Sebastians Nachbar. Der hielt uns an und plauderte, während unseres gemeinsamen Heimweges, einfach drauf los. Das mit den Strahlen wäre alles halb so wild, das würde alles übertrieben, meinte er. Und lobte, verabschiedend, die frische Luft, die einen gesund erhält.

Sebastian wartete schon. Er hatte eine Dreierleisuppe gekocht. Aus Karotten, Bleichsellerie und Lauch, mit Zwiebeln angesetzt und mit Gemüsebouillon aufgekocht, mit Maisstärke und Rahm gedickt und, wie er Lena verriet, mit Curry, Salz und Pfeffer gewürzt.

Beim Essen erzählten wir von unserem Spaziergang ums Dorf. Ihn machten die geteerten Wege zwischen den Feldern noch genauso wütend wie vor Jahren, als die Bauern ihren Antrag durchsetzten, und die Gemeinde daraufhin alle Wege asphaltieren ließ. Sebastian meinte, auf den Feldern, auf denen Mais und Raps immer mehr vorherrschten, hätte ohnehin kaum ein Wildpflänzchen eine Chance zu gedeihen.

Es gibt weder Klatschmohn noch Kornblumen im Sommer, und an den Wegrändern sind nun auch Kamille, Wegwarte und Spitzwegerich verschwunden. Und das nennen die Bauern Fortschritt.

Später, wir saßen im Wohnzimmer, schaute ich mich in seinem Bücherschrank um. Ich wußte noch, daß er immer neugierig auf die neue Poesie gewesen war. Weil ich nun aber nirgendwo mehr einen Lyrikband, kein Poem, nicht einmal einen Hausschatz deutscher Gedichte vorfand, fragte ich ihn, wo denn die Poesie in seinem Leben geblieben wäre.

Da zeigte er sich entrüstet, griff blindlings ins Regal und zog ein Buch nach dem anderen heraus und warf sie mir vor die Füße.

Du denkst, das wäre keine Poesie? Du täuschst dich, mein Lieber. Der Hexenglaube war immer eine Religion der Poesie, weil nicht Theologie, sondern Mythen und Legenden als Metapher für das Unsagbare stehen.

Er griff nach einem der Bücher, schlug es auf, und begann zu lesen: Das Jahr wird zum Rad, zum großen, achtgeteilten Rad. So die Sonnwenden, die Tagundnachtgleichen und die Tage des Vierteljahresbeginns, an denen wir feiern und Feuer entzünden. Und mit jedem Ritual, mit jedem Sonnenstrahl und Mondenschein, die herab in die magischen Kreise fallen, nimmt die Kraft zu. Dann erfahren wir die Inspiration aus allem was sich bewegt. Die Bewegungen von Sonne, Mond und Sternen, aus dem Flug der Vögel oder dem langsamen Wachsen der Bäume, und aus dem Wandel der Jahreszeiten.

Ist das keine Poesie? fragte er mich, knallte das Buch zu, und warf mir auch diese vor die Füße.

Du willst also bestimmen, was Poesie ist? Nicht was druckst und kränkelt und starr ist vor Selbstmitleid, sondern was fliegt, weil es leichter ist als jeder Gedanke. Das ist Poesie, so wahr ich Sebastian Funk heiße.

Ich zweifle ja nicht ..., sagte ich. Aber ich zweifelte. Und zwar an seinem Verstand.

Als ob nichts gewesen wäre, als hätte er kein einzig lautes Wort von sich gegeben, wurde er wieder freundlich; schenkte Tee ein, und verkündete mit sonnigem Lächeln, er werde morgen mit uns wandern.

Lena, sichtlich um Fassung ringend, riet ihm von diesem Vorhaben ab.

Der Weg ist viel zu anstrengend, sagte sie. Wir gehen ein ganz anderes Tempo. Und außerdem, in deinem Alter?

Mit euch kann ich noch immer mithalten, erwiderte er.

Und im übrigen, ließ er uns wissen, hätte er ja nicht die Absicht bis in alle Ewigkeit mit uns zu wandern, aber so ein, zwei Tage vielleicht. Dabei schaute er Lena herausfordernd an, die, einmal aus allen Wolken gefallen, ihrer Skepsis freien Lauf ließ. Doch um sich des Eindrucks zu erwehren, ihn lediglich abwimmeln zu wollen, willigte sie ein.

Meine Beine funktionieren noch immer, sagte er, und wenn nicht, dann nehme ich den Besen.

Dabei lachte er, als wollte er uns versöhnlich stimmen.

Draußen dunkelte es mittlerweile. Lena breitete die Wanderkarte aus. Wir überlegten, welchen Weg wir gehen würden, und wie weit wir es schaffen könnten.

Lena wollte nur bis Schwendi, und dort übernachten. Ich hätte mir gerne ein ferneres Ziel gesetzt. Immerhin hatte es Seume an einem Tag von Rom nach Terracina geschafft. Und Philipp Jakob Wieland war bei selbem Zeitaufwand von Augsburg bis München gewandert.

Wir könnten in Oberbuch übernachten, schlug Sebastian vor. Ich kenne da einen Bauern, ein guter Freund von mir.

Während Lena noch die Wege auf der Karte verfolgte, Entfernungen abzustecken versuchte, sich zurechtfinden wollte in dem Wirrwarr der Wald- und Feldwege, ja selbst mit dem Faltsystem der

Karte sich auseinandersetzen mußte, führte mich Sebastian, als endgültigen Versöhnungsversuch, in seine Sternwarte. Er ließ mich durch das Teleskop schauen und dirigierte mich.

Heute kannst du sie alle sehen, sagte Sebastian. Alle Hexen sind heute sichtbar!

Ich schaute nach seiner Anweisung, aber überall sah ich nur Sterne. Näher, plastischer, waren sie. Aber es waren doch Sterne.

Und? fragte er.

Sterne eben, sagte ich.

Weil du nichts anderes sehen willst, antwortete er.

Dabei nahm er mir das Teleskop aus der Hand, blickte selbst durch das Glas, und rief die Hexen allesamt bei ihren unverwechselbaren, wohlklingenden Namen.

Rosalind und Sandelmaid, rief er. Hobsbaum, Belena und Evitraut. Sonnenschmerz, Mündelgard und Nonoska.

Und er hörte nicht auf aufzuzählen, neunundzwanzig Hexen an der Zahl.

Dann wandte er sich ab vom Teleskop, brummte kopfschüttelnd zu mir herüber: Und du siehst nichts als Sterne! Aber vielleicht ist es einfacher, nur Sterne zu sehen.

Am nächsten Morgen hatte sich Sebastian anders entschieden. Er wollte nun doch hierbleiben, sagte aber nicht warum.

Er sah an diesem Morgen ungepflegt aus. Er hatte sich weder gewaschen noch gekämmt, geschweige denn rasiert. Und er hatte kleine, durchnächtigte Augen.

Sein Äußeres werde wohl Grund genug sein, warum er nicht mitgehe. Weitere Erklärungen wollte er sich so sparen.

Zu seiner Erscheinung paßte ganz und gar nicht die überdrehte Art, in der er uns begrüßte, und uns, im selben Atemzug noch, verabschiedete. Und er redete viel.

Vielleicht treffen wir uns zu Hallow'en, sagte er, und gedenken der toten Seelen und sagen dem Mond Adjeu. Und wie es bei Begräbnissen Brauch ist, werden uns gutes Essen und starker Wein über die Trauer hinweghelfen. Oder an Johannis schon. Oder weiß Gott wann.

Dann umarmte er uns steif, und redete dabei weiter, als würde jede Wortlosigkeit ihn aus der Balance bringen.

Im Grunde bin ich doch ein Rabe, sagte er. Zudringlich zwar, doch am liebsten allein.

Dann packte er unsere Hände, drückte sie, und verschwand im Haus, ohne sich noch einmal umzudrehen.

11.

Es war ein kühler Morgen, und es sah nach Regen aus. Die Wolken zogen jedoch sehr schnell weiter und brauten anderswo ein Unwetter zusammen. So blieb allein der heftige, kühle Wind, dem wir, mit rotgefrorenem Gesicht, doch raschem Gang, Paroli boten.

Zwar schmerzten die Waden, die Schenkel waren hart und der Rücken verspannt, das Gehen, nach der gestrigen Unterbrechung, eine ungewohnte Last. Doch ans Gehen gewöhnt man sich schnell.

Bald hatten wir die erste Wegstrecke hinter uns gebracht, stur geradeaus blickend, da wünschte ich mir einen geschützten Weg. Und Lena wohl auch. Doch der Wind ließ kein Gespräch zu. Nicht eine flüchtige Bemerkung duldete er. Kaum ausgesprochen, klaubte er jedes Wort vom Mund, riß es an sich, und jagte es in Richtung Laupheim, wo es sich unterwegs unverstanden auflöste. Dabei hätte ich noch gerne mit ihr über Sebastian gesprochen. Doch das mußte warten, bis der Weg wieder windgeschützt wurde. So schnell wir uns dünkten, so langsam ging es in Wirklichkeit voran. Der Wind hielt uns zum Narren, wo es nur ging. Nur am Waldrand waren wir ihm über. Dort lappten die Tannenzweige schützend über den Weg, den wir als Unterschlupf benutzten. Wir setzten die Rucksäcke ab und verschnauften.

Eigentlich bin ich froh, daß Sebastian nicht mitgegeangen ist, sagte Lena.

Und ich stimmte ihr zu. Man hat so seine Vorstellungen von einer Sache. Und Sebstian paßte, als Wegbegleiter zumindest, nicht in die Vorstellung, die ich von unserer Wanderung hatte. Bei ihm Halt machen, ja, aber mehr doch nicht. Im übrigen traute ich seiner Rüstigkeit nicht im geringsten.

Warum er überhaupt den Entschluß gefaßt hatte mitzuwandern, und diesen dann doch wieder über den Haufen warf, beschäftigte uns noch einige Sätze lang. Dann sagten wir Sebastian ein zweites Mal Adjeu, richteten unseren Blick nach Weihungszell, und gingen weiter.

Halbverfallene Bauernhäuser an der Ostseite, Hundegebell, das der wiedererstarkte Wind hertrug, wie den Geruch der Schweineställe, so zeigte sich das Dorf. Doch wir entschlossen uns nicht in das Dorf hineinzugehen, sondern auf dem Weg zu bleiben, der noch immer den Wald touchierte, und der, über einen kleinen Umweg, zur Wallfahrtskirche führte, die oben, auf einer Anhöhe, in den Himmel ragte.

Zurück auf den Ort blickend, registrierten wir: Kühe auf der Weide, trotz des Verbotes!

Wußte man hier nicht, was andernorts geschehen war?

Sie wissen es schon, sagte Lena, doch sie wissen nichts anzufangen damit. Und sie mißtrauen.

Mir fiel auf, daß wir niemandem begegnet waren,

auch jetzt nicht, da das Dorf nur einen Steinwurf entfernt von uns war. Keiner ließ sich auf den Höfen sehen, niemand in den angrenzenden Krautgärten.

Als ob die Pest hier noch immer wüten würde, sagte ich.

Lena aber hatte für solche Bilder nichts übrig.

Die Kinder werden in der Schule sein, sagte sie, und die Männer in der Fabrik. Wer kann denn allein vom Hof noch leben. Und die Frauen?

Die bleiben im Haus, wie es sich ziemt, erwiderte sie lachend.

Vielleicht hatte sie recht. Warum sollte nicht alles verlassen aussehen. Was war schon ungewöhnlich daran.

Nun kam der Wind wieder und nabelte uns ab, trennte uns, und raubte uns die Sprache.

Das ging bis zur Kirchenpforte, wohin uns eine Frau unhörbar gefolgt sein mußte, die wir aber jetzt, nachdem ihre Schritte auf den steinernen Kirchenstufen widerhallten, bemerkten.

Diese plötzliche Erscheinung erschreckte uns. Die Frau, wohl mehr als die siebzig auf ihrem krummen Buckel, schaute uns geistesabwesend an, erwiderte unseren Gruß nicht, und ging, was uns wunderte, nicht in die Kirche hinein, um ihre mageren Sünden abzubeten, sondern machte kurz vor dem Portal kehrt und entfernte sich wieder. Dabei wisperte und zischelte, ja, phantasierte sie Undeutliches daher. Ganz deutlich aber hörte ich aus ihrem Selbstgespräch das Wort *Bethlehem* heraus, und Lena sagte später, als die alte Frau schon so weit entfernt ging, daß man ihre Schritte nicht mehr hörte, sie hätte etwas von der Pest gefaselt. Pest rafft alles weg, und das immer wieder. Wie einen Rosenkranz hat sie diesen Satz gemurmelt.

Im inneren der Kirche aber wartete *Unsere liebe Frau von Sießen,* Schutzpatronin der im Mittelalter erbauten Kirche.

Sie lag auf Margeriten gebettet und sah, vor der unverputzen Seitenwand, prachtvoll aus. Selbst der Hauptaltar, mit der Kreuzigungsszene, wirkte angesichts dieser Pracht, eher nüchtern und zurückgezogen.

Das dunkle Chorgestühl und die dunklen Balken, welche die Empore stützten, erschienen wie unheilbringende Engel, wie Hiobsboten, die den Schmerz im Triumphzug bringen.

Doch auch draußen erschien einem alles schwermütig. Das ganze Land schien sich im Schmerz zu krümmen. Düster wirkte die weitläufige Landschaft, auch die sanften Hügel vermochten es nicht, sie freundlicher zu stimmen. Selbst die Sonne, die urplötzlich alles in ein anderes, ein besseres Licht, rücken wollte, blieb ohne Wirkung.

Als wollten wir alles meiden, mieden wir die Dörfer, umgingen sie in weitem Bogen, durch den Wald erst, und später durch Wies- und Ackerland. Ich nahm den Umweg, trotz eines mich mürbe machenden Hungers in Kauf. Eine Unlust überkam mich beim Gehen. Welchen Grund hatte ich denn schon für diese Wanderung. Werner Herzog war im November 1974 nach Paris aufgebrochen, weil er nicht zulassen wollte, daß die Lotte Eisner starb. Er hatte mit dem Tod ein Abkommen getroffen, sollte er zu Fuß bis nach Paris gehen, würde er die Eisnerin dort lebend antreffen.

Selbst der Ulmer Glockengießergeselle Philipp Jakob Wieland war neben seiner Sehnsucht, die Welt zu sehen, aus Interesse für die handwerklichen Gießereien, sowie für die aufblühenden, metallverarbeitenden Industriebetriebe, auf die Walz gegangen. Doch welchen Sinn hatte meine Wanderung? Wenn ich wenigstens die Welt damit retten könnte! Diese Wanderung aber war nichts als ein Lebenswunsch, den ich mir erfüllen wollte. Nun hatte er den Geschmack des Abschiednehmens angenommen?

Ich dachte an die *Rättin*, die vor wenigen Wochen erschienen war. Lena mochte diese Unheilprophetie nicht. Für mich aber war die *Rättin* eben ein Buch des Abschiednehmens gewesen. Dieser Eindruck hatte sich nach dem Reaktorunfall von Tschernobyl noch verstärkt. Hatte Grass denn nicht das, was dort Wirklichkeit geworden war, sprachlich bereits vorweggenommen? hatte ein Kritiker gefragt. Grass hatte in seinem Roman Bibel-Episoden verwendet und sie zitiert: „...als der Menschen Gott polterte: Ich will eine Sintflut mit Wasser kommen lassen auf Erden, zu verderben alles Fleisch, darin ein lebendiger Odem ist." Das gefiel mir.

Und ich dachte daran, wie die Rättin den Überlebenskampf des Rattengeschlechts beschreibt, und wie Noah, entgegen Gottes Verordnung, Ratz und Rättin Einlaß verwehrt, und somit seinen Fluch „Fortan sollen Ratz und Rättin auf Erden des Menschen gesell und zuträger aller verheißenen Plage seyn", über die Menschheit ausgießt.

Und ich dachte an all die politischen Warnungen, die Grass bei seinen Reden stets streute, wenn er von ungehemmter industrieller Expansion, die eine wachsende Umweltzerstörung nach sich zieht, sprach.

Und dann dachte ich an mich, als einen, der dabei war, seinen Lebenswunsch zu erfüllen, der ihm im Moment aber nichts als Hunger und Fluchtbilder bescherte.

Der letzte Funke meines revolutionären Flämmchens, welches bis tief in die Siebziger noch geschwelt hatte, war längst verglüht. Nun hatte sich mein Leben auf Bücher, Frauen und gutes Essen beschränkt. Lena dagegen wollte Erleuchtung. Und dies unter allen Umständen.

Den Geist der Gelassenheit strebte sie an. Lebensfülle, Harmonie durch Nichtverhaftung.

Man muß das Leben loslassen, damit es frei ist, es selbst zu sein, meinte sie.

Nun hatte sie sich meinem Lebenswunsch angeschlossen. Ich wußte nicht, inwieweit dieser Weg ihr Ziel, inwiefern mein Ziel dieser Weg war.

Die Wanderung aber, das wußte ich, war das Einzige, was meine selbstauferlegte Beschränkung aufheben konnte.

Schon tauchen die Häuser von Wain auf. Ein Hügel noch, ein langgestreckter Weg an stacheldrahtumzäunten Weiden vorbei, dann waren die Neubauten, die das Dorf umsäumten, erreicht.

Eine Frau stand im Garten und werkelte. Sie schaute auf, als wir vorübergingen. Ich nickte zum Gruß und fand, daß sie schön war. Ihre kräftigen Beine standen fest auf dem Boden der Tatsachen; ihre Augen aber flohen in eine Geschichte mit mir. Und wie ich noch nachhing der unerfüllten, flüchtigen Sehnsucht, wir schon bald in der Dorfmitte waren, da drehte ich mich nach ihr um und sah sie nicht mehr.

12.

Das *Rößle* hatte geöffnet, und die Wirtin war bereit, obwohl die Küche bereits geschlossen hatte, für uns Kässpätzle zuzubereiten.

Das macht weiter keine Umstände, sagte sie; war schnell mit der Zubereitung fertig, und freute sich, als wir, ausgehungerten Wölfen gleich, über die Teller herfielen.

Es mir ein unendlich wohliges Gefühl, die Beine unter dem Tisch langzustrecken, und mit einem kräftigen Zug die Hälfte des Bierglases zu leeren.

Als wir dann die Wirtin nach einem Zimmer für die Nacht fragten, und sie uns, obwohl, wie sie sagte, die *Historische Gesellschaft* heute tage, gerade noch eines anbieten konnte, weil ein Teilnehmer kurzfristig abgesagt hatte, schien unser Glück vollkommen. Gab es je einen Moment in unserem Leben, in dem wir zufriedener waren, als in jenem Augenblick, als wir uns auf das weißgestärkte Leintuch legten und bald schon, vollkommen lektürelos, in so tiefen Schlaf fielen, aus dem wir erst wieder erwachten, als es draußen schon dunkelte.

Lena schreckte auf. Ob die *Historische Gesellschaft* schon tagte?

Wir gingen nach unten, in die Gaststube, und bestellten Tee um wieder wach zu werden.

Wo ist nun die ganze Gesellschaft? fragte Lena.

Die kommen nicht vor Mitternacht, sagte die Wirtin, gegessen haben die ja schon.

Ist diese Tagung nicht hier?

Nein, sagte die Wirtin, fast entrüstet, die ist unten beim Espenloher in Bethlehem.

In Bethlehem?

Das ist der Flurname, klärte die Wirtin. Und dort steht dem Espenloher sein Haus.

Ich hatte mir die Zeitung, die an der Garderobe hing, geholt, überflog den überregionalen Teil und blieb dann bei den Lokalseiten hängen. Dort stand: … die hiesigen Gemüsegärtnereien konnten in den vergangenen Tagen Waren im Wert von fünfzigtausend Mark nicht verkaufen, weil der Wirtschaftskontrolldienst sie aus dem Verkehr gezogen hat. Dies hatte gestern der Kreisgärtnermeister mitgeteilt. Nach seinen Worten aber darf aber heute wieder Rhabarber verkauft werden.

Die Wirtin hatte sich unterdessen zu uns gesetzt, weil wir im Moment die einzigen Gäste waren, hatte, mir über die Schulter gebeugt, zuvor in die Zeitung geschaut, wissend den Kopf genickt, als wisse sie längstens, was in der Welt so vor sich geht.

Sie hätte sich ihrerseits schon Gedanken gemacht, offenbarte sie uns, und legte diese uns nun ausführlich dar: Früher mußte ich meine Gäste davon überzeugen, daß der Salat frisch, und nicht aus dem Glas ist. Heute ist es umgekehrt, da muß ich jedem versichern, daß der Salat garantiert aus dem Glas ist. Der Salat ist überhaupt das Problem. Man weiß ja nicht, wie gefährlich das Radioaktive wirklich ist. Aber bevor ich mir nachsagen lasse, bei mir gäbe es verstrahlten Salat, da greife ich noch lieber zur Konserve.

Ich schaute aus dem Fenster, mehr aus Abwehr, weil die Wirtin in ihrer eindringlichen Rede, die sie mit fahrigen Bewegungen noch unterstrich, nicht unterbrochen werden wollte, mir aber die Geduld des Zuhörens fehlte, die sie unbedingt forderte, widmete mich also der Straße und täuschte für alles Interesse vor, was sich draußen bewegte.

Ich beobachtete die Jugendlichen, die ihre Mofas immerwieder aufheulen ließen, damit selbst ihre eigenen Rufe noch übertönten, blickte den vorüberfahrenden Autos nach, und versuchte ihre Nummernschilder zu entziffern, bis mich die Wirtin, mit einer ihrer gestikulierenden Bewegungen, die nun eigentlich einzig für Lena bestimmt waren, in die Seite stieß. Absichtlich, wie ich ihr im Geheimen unterstellte, weil sie mir mein Desinteresse nicht verzeihen wollte. Ihr Entschuldigung klang deshalb schier triumphal, zumindest lag eine gewisse Genugtuung darin, denn als ich mir danach die Seite hielt, um die Schwere der Verletzung zu prüfen, leuchtete in ihren Augen das Befriedigende einer soeben gesühnten Straftat.

Ich nickte ihr freundlich zu, dachte an Seume und seinen Wunsch nach *billigen, freundlichen Wirthen,* und schenkte ihr meine Bereitschaft, nun ganz Ohr zu sein, welche jedoch nicht lange anhielt. Bald schweiften meine Gedanken ab. Ich überflog die aufgeschlagene Zeitungsseite mit der Nachricht, daß ein Staatsvertrag über die gemeinsame Nutzung eines Kanals des Satelliten TV-SAT, von den Ministerpräsidenten aus Bayern, Baden-Württemberg und Rheinland-Pfalz unterzeichnet worden war. Dann schaute ich wieder durch die frischgeputzen Fenster hinaus auf die Straße.

Ich tat, als sich die Wirtin nach mir umdrehte um mich zu mahnen, als hätte ich in einem er vorbeigehenden Passanten, dessen Erscheinung mich an jemanden erinnerte, einen langersehnten Freund wiedergefunden.

Doch wie das so ist im Leben, dem Passanten, dem ich mein geheucheltes Interesse geschenkt hatte, erwiderte meinen Blick, nickte mir zu beim Näherkommen, und da erkannte ich ihn, wenn mir im ersten Augenblick auch sein Name nicht einfiel, und ich mir erst unseren Klassenlehrer vorstellen mußte, wie er am Tage der Zeugnisvergabe die Schüler in alphabetischer Reihenfolge aufrief, um ihnen das Ergebnis eines mehr oder minder qualvollen Schuljahres, codiert in wenigen Zahlen, erläutert mit einer markanten, doch überflüssigen Bemerkung, zu offenbaren. Ich ließ den Lehrer also aufrufen: Allgaier, Betzler, Bochtler, ließ ihn aufrufen bis er bei Joachim Glaser angelangt war, ein Talent im Zeichnen, sonst ein eher mittelmäßiger Schüler. Und so hatte ich nun auch den Namen,

Joachim Glaser, der stand draußen vor dem *Rößle* in Wain, und war sozusagen auf dem Sprung in die Gaststube.

Nicht daß ich darüber erfreut gewesen wäre, beileibe nicht. Nichts war mir verhaßter, als die Konfrontation mit jener Vergangenheit, die von jeher nach frischgewachstem Linoleum und nach sauer gewordener Schulspeisung roch. Lange schon hatte ich die Klassentreffen gemieden, die sich im Rhythmus der Olympischen Spiele wiederholten. Ich wollte die Reste verbliebener Illusionen nicht durch bloße Teilnahme zerstören.

Was war denn aus uns, die wir einst die Welt aus den Angeln heben wollten, geworden? Waren nicht wir die Generation, die sie nun täglich neu schmierte? Hatten wir uns nicht allzu leicht ködern lassen, von den Verführungen des Wohlstands. Und hingen wir nicht allesamt unbegrenzt dem Fortschrittsglauben, mehr als jedem anderen, an.

So war mir nun die Begegnung mit Joachim Glaser eher lästig, und ich wünschte mir, daß sie von kurzer Dauer wäre.

Er kam sehr rasch und zielstrebig auf unseren Tisch zu, blieb aber eher unbeholfen am Tischeck stehen, begrüßte mich schüchtern, und blieb auch schüchtern, als ich ihm Lena vorstellte.

Die Wirtin begrüßte ihn gleich mit Namen und brachte ihm, ohne daß er eine Bestellung aufgegeben hatte, ein Weizenbier. Gewiß war ein Zeichen, irgend ein Verständigungsritus, wie er zwischen Wirt und Stammgast gehandhabt wird, dem voraus gegangen, dachte ich, und fand es in Ordnung, daß er, befangen wie er wirkte, hier einen Heimvorteil hatte.

Vielleicht ist ihm diese Begegnung ebenso lästig wie mir, dachte ich, und sein erfreutes Nicken war nicht mehr, als ein versteckter Schrei des Entsetzens gewesen.

Auch ich bin nichts weiter als eine Erinnerung an gewachstes Linoleum für ihn, eine Erinnerungsstütze für etwas, an das man sich nicht mehr erinnern will. Wer will sich da freuen?

Aber wer will nicht einer sein, den man gerne trifft. Einer, von dem man hinterher sagt, es war gut, dich wieder einmal getroffen zu haben. So einer wollte ich sein für Joachim Glaser, jetzt, in diesem Augenblick.

So öffnete ich als erster die Vergangenheitskiste, kramte die nichtsnutzigen Lehrer hervor: den stets zu Prügel aufgelegten Werklehrer, den ewig botanisierenden Rektor, und, als Joker sozusagen, das hysterische Fräulein Wünsche, mit ihren albernen Bestrafungsriten.

Dann tauchten Mädchennamen auf, die klangen verboten und sündig, und ließen uns noch immer erröten. Obendrein durften auch die zerschlagenen Straßenlampen als Mutbeweise, und nicht die zotigen Reden vom ersten Rausch, fehlen.

Schließlich aber, als das Eis gebrochen schien, packten wir das ganze Pack: den Werklehrer, den

Rektor, Fräulein Wünsche, den Hausmeister, und legten die Mädchennamen noch obendrauf, räumten alles und jeden in die Vergangenheitskiste zurück, und rührten nicht mehr daran.

Nun erzählte Joachim, daß er in einem der Neubauten am Ortsrand wohne, aber, da er als Vertreter für eine Arzneimittelfirma reise, die Naturheilmittel herstelle, beruflich eben viel unterwegs wäre. Vor zwei Jahren wäre er geschieden worden, erzählte er, die Kinder, ein Mädchen und ein Junge, bekäme er nur selten zu sehen.

Wenn man allein lebt, sagte er, wäre man aufgeschlossener allem gegenüber. Man sieht das eigene Heim nicht länger als Bastion.

Die Wirtin, die jedesmal, wenn sie ein neues Getränk an den Tisch brachte, bemerkte, welch wunderbarer Zufall es doch gewesen wäre, daß sie sich ausgerechnet hier, in ihrer Gaststätte, nach all den Jahren, getroffen hätten, mahnte jetzt Joachim, ob es nicht Zeit für die *Historische Gesellschaft* wäre, oder ob er, angesichts der überraschenden Begegnung, heute darauf verzichten wolle, worauf Joachim ihr entgegnete, daß es nicht so tragisch wäre, etwas später dort zu erscheinen, da doch alles recht zwanglos verlaufe.

Und als sich die Wirtin wieder entfernt hatte, wendete er sich uns wieder zu und meinte, viel lieber würde er jetzt erfahren, was uns denn in dieses Nest geführt hätte.

Lena erzählte ihm von unserer Wanderung, und

ich sagte ihm, daß das schon lange mein Wunsch gewesen wäre, den ich aber immer wieder hinausgeschoben hätte.

Diesen Wunsch hat er sich auf die hohe Kante gelegt, lachte Lena.

Und Joachim lachte mit: So macht ihr eine apokalyptische Wanderung. Oder nennen wir sie Die Wanderung Fünf-vor-Zwölf.

Durch die Bedrohung betrachtet man vieles in einem anderen Licht, erwiderte ich, und ich schaue mir alles genauer an, als müßte es möglich sein, durch alles hindurchzuschauen.

Joachim schaute jetzt, mit einer gewissen Dramatik, auf die Uhr, als gälte es eine Entscheidung zu treffen. Dann fragte er uns, ob wir nicht Lust hätten, mit nach Bethlehem zu kommen.

Zur *Historischen Gesellschaft?* fragte Lena, eine Spur zu provokant.

Gewiß, es klingt langweilig und spießig, sagte Joachim, etwas eingeschüchtert, aber das ist es nicht. Auf eine recht eigenwillige Art wird dort mit Heimatgeschichte umgegangen. Ihr könnt euch vorort überzeugen. Der Espenloher sagt, er wecke die Geschichte auf.

Wir willigten ein, fuhren in seinem Wagen, einem Mercedes älteren Baujahres, am Schloß vorbei.

Gleich am Ortsende aber bogen wir rechts ab, fuhren einen Schotterweg, der einer Hofeinfahrt glich, und hielten schließlich vor einem unauffälligen, älteren Haus.

Es war nicht einfach, zwischen den geparkten Autos gleich eine Lücke zu finden. Er ließ uns deshalb erst aussteigen, und fuhr noch einmal ein Stück zurück, bis er Erfolg hatte. Dann kam er mit schnellen Schritten uns nach und führte uns ins Haus.

Den Räumlichkeiten nach zu schließen, muß es einmal ein Gasthaus gewesen sein. Es gab getrennte Toiletten, und es roch nach kaltem Rauch und Urin. Und es gab einen Wirtshaussaal, in dem sich, an langen Tischen, auf denen Kerzen brannten, etwa fünfzig Leute versammelt hatten.

Diese hatten uns beim Eintreten freundlich nickend begrüßt, sich dann aber gleich wieder dem Tischnachbarn gewidmet, um im Gespräch fortzufahren.

Es hat noch nicht angefangen, sagte Joachim, und bugsierte uns zu einem Tisch, an dem noch Platz für uns drei war.

Er konnte gerade noch das Mädchen, das den Wein ausschenkte, herwinken, als auch schon die erhöhte, jedoch abgedunkelte, Stirnseite, durch ein gelbes Scheinwerferlicht, in eine Theaterbühne verwandelt wurde, auf der, nach einigen erwartungsgeladenen Augenblicken, ein Mann trat, dessen Erscheinung wenig theatralisches vermittelte.

Das ist der Espenloher, flüsterte Joachim, als die anderen seinen Auftritt beklatschten, und auch wir, um keine Ausnahme zu machen, in den Beifall einstimmten.

Er wirkte schüchtern, unsicher, und seine Stimme war brüchig bei der Begrüßung. Er sprach langsam, zuweilen bedächtig, und erst im Laufe der Zeit wurde seine Rede flüssiger und bestimmter und seine Stimme bekam eine dominierende Klarheit.

Als müßte er erst aufgeladen werden, wie eine Batterie, so hatte es den Anschein; als wäre die Sprache sein Motor, der erst warm werden mußte, um sich vollkommen zu entfalten.

Wir machen uns die Vergangenheit zu eigen, sagte er, in dem wir über die Geschichte nicht von außerhalb dozieren, sondern versuchen, im Erleben die Entscheidungen jeder Zeit zu begreifen, in dem wir sie emotional erfassen lernen. Das Wesentliche dabei ist die Überwindung jeglicher Distanz. Jedes Hilfsmittel ist uns recht. Wir schrecken vor nichts zurück.

Seine Rede war, rhetorisch gesehen, schwer einzuordnen. Zuweilen wirkte sie pathetisch, aber doch nie so, daß es einen schauderte.

Anschließend erklärte er die diversen Methoden, Geschichte greifbar erscheinen zu lassen. Er bat ein Mitglied des Vereins auf die Bühne, der, als Herr Braun vorgestellt, ehemals Oberlehrer und Gemeinderat, sein eigens für diesen Abend erstelltes Skript auf dem Rednerpult, das er von der Peripherie des Lichtkegels in die dessen Mitte rückte, ausbreitete.

Ohne Umschweife begann er seinen Vortrag: Der Zusammenbruch Deutschlands 1945 hatte auch für

Wain einen Einschnitt in der Entwicklung gebracht. Acht bis neun Wochen lang besetzten amerikanische Truppen den Ort. Das Schloß und einige Privathäuser mußten geräumt und den Amerikanern als Quartier überlassen werden. Im Juli 1945 folgte die Besetzung durch die Franzosen. Bis 1948 mußte nun Wain viel an die Sieger abliefern; nicht nur Gewehre, Radio- und Photoapparate, sondern auch Lebensmittel: insgesamt 612 Stück Großvieh, 412 Kälber, 745 Schweine, 3300 dz Brotgetreide, 1536 dz Gerste, 705 dz Hafer, rund 11000 dz Kartoffeln, jährlich 56000 Eier, 1723 Liter Milch pro Kuh und Jahr, außerdem durch die Molkerei drei Jahre lang 2500 kg Butter und 3500 kg Käse wöchentlich. Die Verhältnisse änderten sich erst wieder ab 1949.

Nachdem Herr Braun seinen Vortrag in monotoner Weise zuende gebracht hatte, trat er wieder an die Peripherie des Lichtkegels, als wollte er rasch dem Rampenlicht entfliehen, zauderte aber, da der Espenloher nun zu ihm trat, um sich bei ihm für die präzise Schilderung der Ereignisse zu bedanken.

Die Knappheit der Informationen, sagte er, schafft Freiraum für unzählige Geschichten die, mit Hilfe unserer eigenen Erinnerung, daraus gesponnen werden können.

Und er bat nun alle Anwesenden, sie mögen sich erinnern, um aus dem Gerüst das Bauwerk zu schaffen; dem Gerippe deftiges Fleisch zuzusetzen, und so eine Geschichte entstehen zu lassen, die authentisch ist. Und er bat all diejenigen, die aus den Vorgängen keine Erinnerung haben konnten, sie mögen den Geschichten lauschen.

Damit trat er von der Bühne und setzte sich an einen der Tische, an dem sofort jemand zu erzählen begann. Es war dies ein älterer Mann, der jedoch sehr schnell von einem jüngeren unterbrochen, und wie es schien, in seiner Aussage korrigiert wurde. Rasch griff die Unterhaltung wie ein schwelendes Feuer auch auf die anderen Tische über. Halbfertige Sätze flogen über uns hinweg, Wortfetzen, Ausrufe des Erstaunens. Nur ein Ohr hätte man bereithalten müssen. Es hätte genügt.

Ich aber tauchte ein in mein Weinglas und wollte von all dem nichts wissen. Ich hatte sie satt, die vielerzählte Notzeit nach dem Krieg, von der mir die Eltern und Geschwister eine halbe Kindheit lang erzählten, und so taten, als wäre ich Nachgeborener schlichtweg zu spät gekommen.

Und es war mir lästig, als die Frau vom Tisch gegenüber sich nach mir umdrehte und sich wichtig tat: Einen Passierschein brauchte man, wenn man nach Dietenheim, in die amerikanische Zone, wollte. Aber als Privatperson war das so gut wie unmöglich. Deshalb sind wir heimlich durch den Illerwald übergewechselt, weil es bei den Amerikanern was zu essen gab.

Als der Espenloher sich dann wieder erhob und auf die Bühne trat, wurde es sofort still im Saal, und der Espenloher konnte, ohne eine Woge der Unruhe abwarten zu müssen, mit seinem Programm fortfahren.

Er sprach nun von Sitte und Brauch. Vom Stärkeessen an Jakobi und vom Fest am Tage, als die letzte Frucht geschnitten wurde. Vom Fest der Flegelhenke, an welchem die Drescher bewirtet wurden bis hin zu den gefürchteten Tagen Georgi und Martini, an denen die Schuldzinsen bezahlt werden mußten.

Lena gähnte. Sie schaute um sich, beobachtete die Leute, die gebannt auf die Bühne starrten. Und ich schaute Lena an. Dabei fiel mir der Zen-Spruch aus Lenas literarischem Reisebegleiter, den ich am Morgen zur Hand genommen hatte, ein: *Ich betrachte das Meer. Ich stürze mich in die fremde Flut, wie mühevoll wird mir der Weg. Ich gebe mich ganz den Fluten hin, wo ist nun das Meer, bin ich es?*

Inzwischen sprach der Espenloher von den Nebeneinkommen durch Gänsezucht und von der Kinderarbeit, die im Wesentlichen aus Hopfenzopfen auf dem Reischenhof oder aus Beerensammeln im Wald bestand.

Ein anderer Zen-Spruch lautete: *Wenn ihr geht, geht; wenn ihr sitzt, sitzt; aber schwankt nicht.*

Lena aber schwankte. Zwischen Ungeduld und Langeweile. Hin und her wie ein Pendel.

Und so sehr Joachim sich auch bemühte, sei es durch eifriges Nicken oder durch erstaunte Ausrufe, den Funken der eigenen Begeisterung überspringen zu lassen, Lena schwankte weiterhin.

Erst als der Espenloher eine dunkelhaarige Frau um die dreißig auf die Bühne bat, faßte Joachim neue Hoffnung, dem Schulfreund und dessen Gattin doch noch einen spektakulären Abend bieten zu können, denn er registrierte freudig, daß Lena sich wieder am Ort des Geschehens orientierte.

So flüsterte er uns, Aufmerksamkeit heischend, zu: Jetzt werdet ihr den Magier Espenloher kennenlernen. Und tuschelnd wollte er uns an dem Gerücht, daß diese *Historischen Gesellschaft* eigentlich eine getarnte Mysterienschule wäre, teilhaben lassen.

Die Frau stand mittlerweile auf der Bühne und wußte nicht recht, wo sie ihre Hände lassen sollte, bis der Espenloher ihr einen Sitzplatz auf der Bühne anbot. Nun wußten auch die Hände wohin, fanden gefaltet einen Platz auf ihren Knien, und gingen mit dem übrigen Körper eine verkrampfte Symbiose ein.

Der Espenloher aber, um ihre Entspannung bemüht, entkrampfte sie mit Gebärden und Wortritualen, die sie in eine Art Trance zu versetzen schien. Da nickte ihr Kopf plötzlich nach vorne, die Hände glitten vom Schoß ins Leere, und mit jedem Wort, das der Espenloher von einer höheren Macht abzurufen schien, drohte die dunkelhaarige Frau immer tiefer in dieser, vom Espenloher kreierten, Trance zu versinken.

Noch einmal forcierte der Espenloher seine suggestive Suade, trieb sie plätschernd voran, bis sie, durchgefiltert auf einen einzigen Satz, auf eine einzige Frage, sich reduzierte: Welche Jahreszahl schreiben wir?

Mit dieser rückte er der Frau nun auf den Pelz. Und sie rückte, nach etlichem Stöhnen, nach Würgen und kleinen Schreien, mit der Antwort heraus: 1786, hauchte sie.

Zwar lag noch ein Zweifel in ihrer Stimme, doch der Espenloher riß die Jahreszahl wie ein Beutestück an sich.

Sag uns etwas über dieses Jahr, erzähle uns davon!

Doch sie wollte nicht. Sie wehrte sich. Sie wollte nicht, daß einer die Haut, die sie von ihren früheren Leben trennte, durchstieß.

Doch dann war es geschehen, war der Widerstand gebrochen, die Defloration erfolgt, der Weg ins Innere ihrer Vorleben freigeschaufelt.

Die Franzosen sind eingefallen.

Jetzt hingen alle im Saal in fiebernder Erwartung an ihren Lippen, die sie sogleich wieder bewegte, um das lang Verschüttete preiszugeben.

Ich muß ihn zum Zehentstadel führen, dort holen sie die Fruchtvorräte heraus. Aber das ist nicht genug. Sie wollen sich vergnügen. Sie quälen uns und lachen dabei. Der Vogt hat das nicht verkraftet. Als der Sohn kommt, ist der Vogt schon beerdigt. Eine Wiese wollen sie und alles Heu für ihre Ochsen. Es sind soviele Ochsen. Sie sollen weiterziehen. Und die Bürgerschaft soll sich zur Wehr setzen. Ein Feuerreiter soll losreiten. Wir fliehen nach Bethlehem, wo wir Schutz suchen. Dann kommen die Schacherjuden und sagen, der Franzos habe wieder gewonnen. Es ist zum Verzweifeln. Er gewinnt immer. Er ist nicht aufzuhalten. Alles hat er niedergemetzelt. Wer laufen kann, Gottswunder, der läuft. Noch in der Nacht kommen versprengte Österreicher. Anderntags aber ist der Ort ein Zuchthaus. Wenn die Herrschaften abgespeist und untergebracht sind, bleibt für uns nur Wasser und Brot. Und Schläge. Die Frauen haben sie genommen wie Huren und ihnen zugesetzt, wie nie im Leben sonst. Zehn habe ich in einer Nacht über mich ergehen lassen müssen, bis ich mich so erbrochen hab, daß sie mich in Ruhe ließen.

Sie schlug jetzt den Kopf heftig nach beiden Seiten, bis der Espenloher zu ihr trat, ihr die Hände hielt, ihren Kopf an sich drückte, bis sie sich wieder beruhigte.

Dann schnippte er wie ein Varietékünstler mit den Fingern, und die dunkelhaarige Frau erwachte. Sie wirkte erschöpft, und weil sie sich wohl an nichts mehr erinnern konnte, blickte sie verstört zum Publikum, welches ihre Blicke erregt auffing und zurückglotzte.

Erst als der Espenloher die Frau an ihren Platz zurückführte, und ihr in groben Zügen erzählte, was sie selbst berichtet hatte, ohne sich jetzt daran erinnern zu können, löste sich ganz allgemein die Spannung. Die dunkelhaarige Frau zeigte sich überrascht, schüttelte ungläubig den Kopf, doch aus sicherer Distanz schien sie ein Lächeln übrig zu haben, und sie trank gierig einen Schluck Wein, dabei sah sie aus, als hätte sie etwas hinter sich gebracht.

Joachim schaute nun triumphierend zu mir herüber. Seine Augen flaggten Begeisterung. Meine Skepsis enttäuschte ihn deshalb. Auch als Lena ihm sagte, es wäre doch sehr interessant gewesen, wich seine Enttäuschung nicht, denn er hatte Ekstase erwartet. So sagte er gestelzt, aber wie um sich selbst aufzumuntern, der Espenloher wirkt anfänglich immer etwas befremdlich.

Lena bat jetzt, da der Tag sie sehr müde gemacht hatte, um einen raschen Abschied. Wir prosteten uns zu, dann fuhr Joachim uns ins *Rößle* zurück.

Dort kramte ich ungehalten in unserem Gepäck. Aber es war schon so, ich hatte kein einziges Buch mitgenommen. Es war mir einfach nicht möglich gewesen, mich für *ein* Buch zu entscheiden. *Ein* Buch aus den Stapeln, die mein Bett umsäumten, die sich in allen Winkeln und Ecken unseres Häuschens auftürmten, derart zu bevorzugen. Was die Bücher betraf, da schien eine Beschränkung nicht möglich. Da war ich unmäßig, geradezu zügellos. Vielleicht war das der Grund überhaupt, warum ich Buchhändler geworden bin.

Nun blieben mir nur Lenas Zen-Sprüche: *Ich*

wandere zu Fuß und reite dabei auf dem Rücken eines Ochsen. Wenn ich über die Brücke schreite, siehe, so fließt nicht das Wasser, sondern die Brücke.

Ich schaute zu Lena, die ganz nach ihrer Zen-Lehre gehandelt hatte: *Wenn du hungrig bist – esse, wenn du müde bist – schlafe.*

Mir aber fiel das Liegen schwer. Ich stand am Fenster und schaute in den wolkenlosen Nachthimmel, dort funkelten hell die Sterne über Bethlehem.

13.

Unser Aufbruch war ohne jede Verzögerung vor sich gegangen. Auch die Wirtin, mit ihren Ratschlägen, hatte uns nicht aufhalten können. Lediglich einige Anrufe, mit der Absicht ein Quartier sicherzustellen, dauerten seine Zeit.

Draußen dann begegneten wir dem neuen Morgen, der vorgab, unser Freund zu sein. Er zeigte sich übermächtig und trug uns davon. Als wir nicht mehr an ihn glaubten, schmerzten die Beine. Doch da hatten wir die Straßen schon verlassen. Und jede Menschenseele hinter uns gebracht. Keine Vergangenheit war länger geduldet. Eine zweite Chance verweigerten wir ihr.

Der Himmel war grau. Kühl war es. Der Wind kam vom Osten. Der Feldweg nach Oberbuch war noch ein richtiger Feldweg. Erst später verwandelte er sich. Da waren die kleinen Krater, die die Regenlachen gebildet hatten, mit Teer- und Ziegelsteinabfällen aufgefüllt worden. Zwischendrin aber wucherten schon Breit- und Spitzwegerich, was Sebastian gefallen hätte.

Vor Oberbuch überlegten wir, ob wir die Grüße von Sebastian überbringen sollten, umgingen dann aber das Dorf durchs Weitholz, und über die Pfaffendicke zum Saukopf. Dort hatte der Wald uns irgendwann verschluckt. Seine Dichte aber war

Schutz. Und die Zeit, die er uns schenkte, diente der Besinnung.

Lena gab mir ein Koan auf: *Was ist der richtige Weg?* fragte sie.

Ich muß darüber nachdenken, sagte ich.

Da antwortete Lena: So kommst du vom Weg ab!

Im Wald konnte keine Weite uns ablenken. Die Sonnenstrahlen, die in eine Lichtung einfielen, erinnerten an die Erschaffung der Welt. Da erstarrte ich vor Ehrfurcht.

Lena sagte, der Moosgeruch erinnert an Ostern. Die Natur hinkte nach. Gerüche sind auch meine Erinnerungsstützen. Mehr noch als Töne. Ohne Geruchssinn würde ich als orientierungsloses Wesen, vergessen von Raum und Zeit, umherirren.

Lena konnte heute nicht mit mir Schritt halten. Immer war ich ihr voraus. Da pfiff sie mich zurück, wie einen übermütigen Hund. Auch wegen dem Espenloher gerieten wir uns in die Haare. Diese lokalkolorierte Vergangenheitsbewältigung war mir ein Greuel gewesen. Nun wollte Lena etwas daran finden. Auch das ist Heimat, sagte sie. Das klang, als hätte sie mir wieder ein Koan aufgegeben. Ich aber floh in die politische Welt, die mir längst fremd war, faselte vom Nato-Doppelbeschluß, der die Stationierung der amerikanischen Raketen in Westdeutschland legitimieren sollte, von Marschflugkörpern und Super-Gau. Als das noch nicht reichte, brachte ich die Verelendung der Dritten Welt mit ins Spiel.

Und was tust du? lachte Lena. Du wanderst!

Wieder so ein Koan, dachte ich. Und zitierte Marcuse. Ohne eine Veränderung des Bewußtseins, wird sich nichts verändern.

Und was ist mit dem Bewußtsein des Espenloher? Mußt du dem politisch begegnen?

Ich spürte, daß sie recht hatte. Doch wer bekennt sich schon gerne zu seinen Ungereimtheiten. Wer versucht nicht im Nebel unterzutauchen, wo es nicht darauf ankommt Farbe zu bekennen. Längst schien mir das politische Aufbegehren hierzulande als ein folkloristisches, das lediglich guten Willen zeigen wollte. Die Menschenkette gegen die stationierten Pershings hatte etwas von der Biederkeit der Gedenkkerzen, welche man in den Fünfzigern für die Brüder im Osten vor die Fenster gestellt hatte.

Lena ging mittlerweile so schnell wie ich. Ihr Aufgebrachtsein verlieh ihr neue Energien. Ich dagegen wurde müde. Zum Trost aber blieb mir der Wald. In seiner Obhut war ich sicher. Vor Vorwürfen und Selbstanklagen. Hier könnte ich meine Seele ausbreiten. Nichts wäre schamlos daran. Der Wald, das wußte ich, war mein Vakuum.

Bei einer Waldarbeiterhütte legten wir, die wir seit Stunden nun schon auf den Beinen waren, eine Rast ein, und verzehrten die Brote, die wir uns von der Wirtin noch hatten herrichten lassen.

Vielleicht versucht der Espenloher durch die Rückführung in frühere Leben, individuell ein

Bewußtsein zu erweitern, und das Politische dabei ist nur dazugehöriger Tand, sagte ich.

Das Klang wie eine Annäherung. Und tatsächlich, wir schauten uns danach an wie Versöhnende, die alles, selbst das letzte Käsebrot, miteinander teilen.

Der Weg durch den Wald zog sich nun hin in endlosen Geraden. Kaum eine Lichtung, kaum ein Blick, den der Wald nicht auffing. Licht, so schien es, fiel lediglich durch die bewegten Wipfel, über denen der Himmel sich aufgeklärt hatte. Erst eine kahle Waldkuppel öffnete den Blick auf die kleinen und großen, runden und länglichen Hügel. Ich dachte an Maria Beig, die geschrieben hatte, *die Hügel sehen aus wie die Wellen eines weiten Meeres.*

Rechts, ins Rottal gebettet, lag nun die ehemalige Zisterzienser-Reichsabtei Gutenzell, die wir von früheren Ausflügen her gut kannten. Die Kirche, den Patronen St. Cosmas und Damian geweiht, die nach außen ihr mittelalterliches Aussehen bewahrt hatte, innen jedoch spätbarock umgekleidet worden war, lockte mich dennoch. Ich erinnerte mich an die Zwickelbilder mit den vier Evangelisten, welche das Bild, wo ein Hund nach dem sich zu den dreißig Silberlingen bückenden Judas schnappt, stützen. An die Demonstration der Kardinaltugenden Klugheit, Mäßigkeit, Gerechtigkeit und Tapferkeit, und an die alttestamentlichen Präfigurationen des Abendmahls. An Mannaregen und Stabwunder des Moses erinnerte ich mich. Und wie über der Empore die Geschichte der Judith erzählt wird.

Aber da lagen auch die Aussiedlerhöfe, wie Fluchtpunkte verstreut, die, bei näherer Betrachtung den Eindruck des sich Beugens und der Resignation schürten, die verlassen, wie liegengebliebenes Spielzeug, wirkten, und an denen der Geruch des Sterbens haftete.

Und dann lockten die Wiesen, aus denen der Löwenzahn wie tausend Sonnen leuchtete.

Warum sehen die Wiesen nur so unverschämt gesund aus, sagte ich, als wachse und gedeihe alles besser und reichhaltiger als jemals zuvor.

Auch die Bäume standen ja noch in fülliger Blütenpracht, und es roch unverwechselbar wonnig nach Mai.

Man müßte sich wünschen, die Strahlen hätten eine Farbe, sagte ich. Aber welche Farbe müßte es sein, damit man sich fürchtet? Keine der bekannten zumindest, sondern eine abstoßende, ekelerregende. Eine, die man mit nichts anderem in Verbindung bringen kann.

Lena sagt, sie müßten nur sichtbar sein, allein das würde genügen.

Ich war mir nicht sicher, ob sie recht hatte, schließlich gewöhnt man sich schnell an alle möglichen Anblicke. Besser wäre es, ein Funke würde überspringen, der ein neues Feuer von Bewußtheit entfacht. Nicht länger dürften mehr wirtschaftliche Erwägungen im Vordergrund stehen. An der Kernenergie müßte man zweifeln und nicht länger an denen, die davor gewarnt haben.

Doch der Optimismus des Bundesinnenministers war ungebrochen: Im vorgelegten Bevölkerungsbericht der Bundesregierung betonte er, daß bei gleichbleibenden Geburtenraten, die Zahl der Bundesbürger im Jahre 2030 immer noch 48,4 Millionen betragen würde.

Ich wußte, bald würden die kleinen Hilferufe den Ablenkungen unserer Spaßgesellschaft wieder weichen müssen. Das ist die Überlegenheit der Politik, daß sie im rechten Augenblick aus den Einzelnen eine Masse formen kann.

Der Kopf gewann jetzt, zuweilen mit Pathos, an Übergewicht. Fortwährend produzierte er neues. Als läge die Zukunft einzig an ihm. Und ständig schuf er Gedanken, die rumorten wie unruhige Mieter. Dabei wollte ich nichts als die Landschaft genießen. Doch der Kopf ließ das nicht gelten. Er bestimmte was wichtig war.

Lena dagegen ging kopflos neben mir her. Ihr Mantra hatte ihr Gehirn ausgekehrt. Dort konnte jetzt die Sonne ungehindert wie Buddha nach Westen ziehen, und der Wind durchs hohe Gras streichen. In Lenas Kopf, so schien es, war Platz für das Wesentliche. Ich dagegen richtete meinen Blick auf eine Gruppe uniformierter Frauen, von denen die meisten Farbige waren.

Obwohl ich mich dagegen wehrte, spürte ich doch, daß mich ihr Anblick erregte. In ihren tarnfarbenen Kampfanzügen legten sie nun all die Lustvorstellungen bloß, die handelten von Befehl und Gehorsam. Und obwohl sie nur burschikos oder teilnahmslos grüßten, und nur sehr vereinzelt animierende Blicke mich streiften, während sie an uns, auf dem schmalen Weg, den wir nun miteinander teilten, vorbei gingen, durchfuhr mich ein erotischer Schauer, der meinen Kopf, ähnlich wie das Mantra Lenas Kopf, nun leer fegte und Platz schuf für all die uniformierten Frauen, die sich breitmachten in ihm, und spukten mit ihrem ganzen Repertoire unterwerfender und demütigender Gesten.

Ich ergriff Lenas Hand. Sie sollte mich herausziehen aus dem Sumpf. Mich entwirren aus den Fallstricken, in denen ich mich verheddert hatte. Ich, ein Pazifist. Doch mit solchen Neigungen, für die ein Pazifist sich schämen müßte, sofern er Charakter hat. Und Charakter hatte ich. Oft genug hatte ich es bewiesen.

Ganz schön sexy, sagte Lena. Und das zu meiner Überraschung. Eher hätte ich wieder ein Koan erwartet, einen Zen-Spruch zumindest, einer von der Sorte: *Ich sehe dich den ganzen Tag, und doch haben wir uns seit Ewigkeit niemals getroffen.*

Stattdessen hatte sie eine geradezu provozierend sexuelle Ausstrahlung der uniformierten Frauen wahrgenommen; sie, ein Mensch mit eher sparsamer Sexualität, die auf dem Wege ihrer Erleuchtung gelegentlich ins Nonnenhafte abglitt.

Wenn Lena dies schon bemerkte, wie sollte da ich mich, der ich dem Sex niemals abgeneigt war, davor schützen. Erleichterung hatte jetzt in meiner dafür zuständigen Seelenkammer Einzug gehalten. Auch wenn die Vorstellungen noch immer spukten im Hirn, so waren sie doch unbeschadet durch meine Zensur gegangen, die dank Lena großzügiger geworden war.

Im übrigen wurden nun auch die Beine schwer. Hunger und Durst stellten sich als Reisebegleiter, an die wir uns gewöhnen wollten, ein. Ich dachte an Werner Herzog, dem, als er nach Paris wanderte, die Füße derart schmerzten, daß er seine Stiefel fortwährend polstern mußte, und der zuweilen von so einem Durst geplagt wurde, daß es nicht genügend Milch auf der Welt geben konnte um diesen zu stillen.

Der Weg war jetzt ein ewiges auf und ab. Nur im Wald, so schien es, war die Welt noch gerade. Es dämmerte schon, als wir nach Ochsenhausen kamen. Der schlanke Kirchturm der Klosterkirche reckte sich wie ein drohender Finger himmelwärts. Später aber, als wir durch das langgezogene Industriegebiet wanderten, bot sein Anblick uns Trost.

Die Fabriken standen verlassen. Nur zwei Schäferhunde bewachten einen Lastwagenfuhrpark. Als wir vorbeigingen stoben die Hunde am Zaun entlang und verbellten uns. Den Fabriken und Bauunternehmen folgten die Flachbauten der Supermärkte mit ihren großflächigen Kundenparkplätzen, die ebenso verlassen schienen, wie auch die alte Getreidemühle mit der verschmutzen Fassade.

Die ersten, wenn auch verhaltenen, menschlichen, Lebenszeichen entdeckten wir an der ansteigenden Hauptstraße, die zum ehemaligen Benediktinerkloster führen mußte.

Dort waren die Cafés und Wirtshäuser, die Boutiquen und Zeitschriftenläden, die Banken und das große Schuhhaus. Hier also spielte sich das Leben ab, wenn auch nicht jetzt, weil die Läden geschlossen hatten, die Einwohner wohl zuhause saßen, beim Abendbrot oder vor dem Fernseher, und die Tagesbesucher der Klosteranlage sicherlich inzwischen wieder abgereist waren. Es war also ruhig auf der Straße.

Vor einem Restaurant, mit Jagdmotiven an der Fassade, stieg ein Paar aus einem Mercedes und ging durch die wuchtige Eingangstür des Restaurants. Einige Jugendliche schoben ihre Fahrräder an der Videothek vorbei, vor der sie allerdings eine geraume Zeit Halt machten, um die Horrorbilder auf den neu eingetroffenen Cassetten zu bestaunen. Dann aber schwangen sie sich in die Sättel und fuhren davon. Ein Liebespaar noch, Arm in Arm vor dem Schuhhaus, sie mit einem geschäftigen Blick auf die möglichen Brautschuhe. Mehr nicht. Wirklich nicht mehr. Immerhin, es war jetzt acht Uhr durch, fast dunkel, und empfindlich kalt war es geworden.

Wie heißt unser Hotel? fragte Lena.

Mönchsgarten, sagte ich. Und um ihre Erwartungen nicht zu enttäuschen, fügte ich hinzu, daß es, dem Preis nach, eher ein Gasthaus mit Fremdenzimmern sein dürfte.

Ich hatte mir auch die Straße notiert, und mir am Telefon erklären lassen, wie das Gasthaus zu finden wäre; doch mußte ich nun, vorort, den Stadtplan zu Hilfe nehmen, der am Rathaus in einem schmiedeeisernen Glaskasten hing, um mich zu orientieren.

Die nächste Seitenstraße, sagte ich, fündig geworden, zu Lena, dann sind wir dort.

In diesem Moment waren die Straßenlampen angegangen, und eine davon erhellte die ockerfarbene Fassade des *Mönchsgarten*.

Es war ein eher unauffälliges Gasthaus, jedoch mit einer anmutenden Gartenwirtschaft dabei, die von zwei weitragenden Kastanien geschützt wurde. Die bunten Glühlampen, die an den quer durch den Garten gespannten Drähten hingen, waren so unregelmäßig verteilt, daß die eine Seite fast im Dunkeln lag, die Tische in Gebäudenähe jedoch soviel Licht erhielten, daß es ungemütlich grell darunter für die Gäste sein mußte. Da es aber zu kalt für draußen war, sämtliche Stühle an die Tische gelehnt waren, damit ein etwaiger Regenschauer wohl spurlos an ihnen abgeglitten wäre, war die Beleuchtung überflüssig.

Als die Wirtin uns die Zimmer zeigte, und dabei einen Blick aus dem Fenster warf, fiel ihr das auf, und eilte sofort zu dem entsprechenden Lichtschalter und schimpfte über die Verschwendung in der Welt.

Lena wollte gleich duschen. Die Dusche lag auf der anderen Seite des Korridors. Ich dagegen wollte ein Bier. Also ging ich ohne weitere Umschweife nach unten in die Gaststube und setzte mich an einen der Tische.

Ich war der einzige Gast. Die Kellnerin kam sogleich zu meinem Tisch und nahm meine Bestellung entgegen, ging dann zurück zur Theke, schenkte selbst ein, und brachte mir das Bier.

Sie hatte ein rundes Gesicht und rote, wellige Haare. Als sie mir das Bier servierte, war mir zuerst ihr Mund aufgefallen, ihre dicken, rissigen Lippen, die sie fortwährend mit der Zunge befeuchtete. Beim Weggehen hatte ich auf ihre Beine geschaut; sie waren etwas zu kräftig, wie ihr Hintern, der in einem engen, schwarzen, knielangen Rock steckte. Oben trug sie die Tracht der Serviererinnen, eine weiße, weit ausgeschnittene, mit Spitzen besetzte, Bluse. Darunter schimmerte ihr Büstenhalter durch, dessen schmale Träger sich auf den gebräunten Schultern abhoben.

Sie war nicht schön, das nicht, aber in diesem Augenblick begehrte ich sie. Sie hatte zu mir herübergeschaut, mir zugelächelt, mit jenem wissenden Blick, ohne Zweifel, der den Begehrenden in eine maßlose Ungewißheit versetzt.

Wir wurden unterbrochen. Einige Männer kamen ins Lokal und setzten sich an den Stammtisch. Sie kramten ihre Zigaretten hervor, bestellten, und bekamen gleich ihr Bier.

Da kam auch Lena, durch die andere Tür, durch die, die zu den Zimmern führt, und setzte sich zu mir. An ihr haftete der Geruch frischer Limonen, aber sie sah müde aus.

Sie bestellte Käsebrot und Wasser. Ich suchte auf der Speisekarte vergeblich nach Welschen Hahnen, nach Pasteten mit wilden Enten und halbgeräucherten Spansäuen, jenen barocken, oberschwäbischen Leibspeisen, über die ich gelesen und auf die ich mich eingestellt hatte. Die einzige Pikanterie, so schien es aber, blieb die Kellnerin. So schloß ich mich den Käsebrotwünschen Lenas an, saß wortlos neben ihr und wartete. Auch Lena sagte nichts. Ihr Geist, befreit aus der Knechtschaft aller und jeglicher Visionen, und somit in einen Zustand vollkommener Leere versetzt, wollte mit dem wahren Wesen des Weltalls innewerden. Zumindest, bis das Käsebrot serviert wurde. Dann redeten wir über unsere müden Beine, und bestätigten uns, heute doppelt so weit gegangen zu sein als am Vortag.

Sie aß langsam, geradezu bedächtig, und trank in kleinen Schlucken das sprudelnde Mineralwasser.

Ich aber schaute immerwieder zu der Kellnerin auf, um diesen einmal begonnenen Blickwechsel weiterzupflegen. Doch ihr Interesse an mir, so schien es, war erloschen. Kein Blick traf mich mehr, nicht ein einziger; nicht ein noch so flüchtiger Hinweis, der auf eine Erwiderung meiner Begierde hätte zur Hoffnung Anlaß geben können, lag in der rauchgeschwängerten Stube.

Dafür sprach sie mit der Wirtin, die im Mantel in der Gaststube erschienen war, um ihr noch einige Anweisungen zu geben. Dann verabschiedete sich die Wirtin, kam auch noch an unseren Tisch, ging zu den Stammgästen, sprach deutlich zu uns allen, wie zu einer Versammlung, daß sie jetzt noch nach Memmingen müsse, den Geburtstag ihrer Schwester feiern, aber spät dran wäre, weil sie eben nie aus der Wirtschaft heraus fände. Dabei lachte sie, öffnete schwungvoll die Tür, und entschwand in die Nacht.

War jetzt nicht ein Blick, der mich streifte wie eine Berührung, doch scheu weiterhuschte, um nicht erkannt zu werden? Oder galt ihre Aufmerksamkeit nur dem leeren Bierglas, das ich nun, zum Zeichen einer neuen Bestellung, in die Höhe hob.

Ja, noch eins, nickte ich.

Ihr Blick bekam eine frostige Sachlichkeit. Dann eben nicht, dachte ich, und wendete mich ab. Ohnehin ist sie zu dick, zu dick und gewöhnlich. Allzu durchschaubar, dieser Typ von Frau. Und schon ärgerte mich jeder Moment meiner geopferten Minne.

Lena hatte inzwischen die letzten Brotkrumen mit einem feuchten Finger vom Teller geangelt. Ihre Aufmerksamkeit hatte in der letzten halben Stunde allein dem Teller mit dem Käsebrot, den Tomatenstückchen und den Zwiebelringen, die als Zierstücke optischen Gaumenreiz anstrebten, gehört.

Ihre Welt war auf den Tellerrand begrenzt, von dem sie nur sprang, um zum Wasserglas zu greifen. Meine Stimme mochte sie nur wahrgenommen haben, als eine ihr wohlbekannte Geräuschkulisse. Und jetzt, als der Teller nichts mehr hergab, wollte sie nichts weiter als schlafen: *Wenn du hungrig bist, dann esse. Wenn du müde bist, dann schlafe.* Lenas Lehre hatte Hand und Fuß.

Ich aber forschte noch immer nach Blicken. Ich wollte das Opfer sein, das dem Raubtier auflauerte. Und lag so in einem stillen Kampf mit der Kellnerin.

Seltsam hatte sie mich angeschaut, auffordernd irgendwie, aber auch abschätzig. Oder bildete ich mir alles nur ein?

Ich bestellte ein neues Bier, nur um ihr meine Gleichgültigkeit zu zeigen. Die sollte sie spüren. Die ganze Erbarmungslosigkeit meiner Ablehnung. Kaum war das Bier da, bestellte ich einen Klaren dazu, einen Williams. Aber nicht gleich, nicht, als sie am Tisch stand um das Bier zu servieren. Erst hatte ich sie zur Theke gehen lassen. Dann erst hob ich meine Hand, mit der süßen Leichtigkeit des Befehlens.

Die Kellnerin brachte den Klaren, den Williams, und lächelte.

Ich aber nickte nur beiläufig. Und roch an dem Schnapsglas, als müßte ich die Qualität erst prüfen. Als wäre ich fähig, Qualitätsunterschiede herauszuriechen. Dann setzte ich an und trank ex.

Den spürst du morgen in den Beinen, sagte Lena.

Ach Morgen, seufzte ich, gedankenverloren, da werden die Karten des Kosmos wieder neu gemischt. Dabei schaute ich prophetisch in mein Bierglas.

Das war dann Lena zuviel. Sie machte Anstalten zum Aufbruch. Sie meinte: Bleib sitzen und sauf dir den Kopf voll.

Wieder so ein Koan, dachte ich, machte mir aber keine Mühe, es durch diskursives Denken lösen zu wollen.

Nur wer sich Sand in die Augen streut, wird schlafen, sagte ich als Antwort. Aber Lena war schon bei der Tür, bei der, die zu den Zimmern führt, und hatte sie bald lautlos hinter sich ins Schloß sacken lassen.

Ich gab einen erneuten Befehl für ein Bier. Es ging auf elf Uhr zu. Die drei Skat spielenden Männer am Stammtisch hatten die Kellnerin zu sich gerufen: Zahlen, bitte! Sie war dieser Aufforderung gleich nachgekommen, hatte sich mit zu den Herren an den Tisch gesetzt, um die Striche auf den Bierfilzen zusammenzuzählen. Einer der Herren hatte noch einen anzüglichen Witz parat, den die anderen Herren, deren Reaktion nach zu schließen, bereits kannten. Die Kellnerin empörte sich lachend, stand auf, verabschiedete die Herren an der Tür, und schloß hinter ihnen ab. Danach räumte sie die Biergläser vom Stammtisch, wischte mit einem Tuch darüber und trug die Gläser zur

Theke zurück. Ich beobachtete sie genau, folgte all ihren Bewegungen, wie sie nun die restlichen Gläser noch spülte und danach trockenrieb, mit irgendwie unzüchtigen Handgriffen, wie mir schien.

Immerhin, wir waren allein. Keiner mehr da, der unseren Kampf hätte verhindern können.

Was jetzt, dachte ich. Welche Strategie?

Noch ein Bier wäre zuviel, obwohl das jetzige schon zur Neige ging. Doch was danach? Ein Gespräch etwa? Da hätte ich zweifellos Vorteile.

Ich konnte den Gedanken nicht mehr zu Ende bringen, denn kaum hatte die Kellnerin die Theke saubergewischt, kam sie mit zwei Schnapsgläsern, die sie auf einem kleinen Tablett servierte, an meinen Tisch und setzte sich zu mir.

Vielen Dank für die Einladung, sagte sie, frech wie ich fand, und hob eines von den Gläsern in die Höhe, wartete bis ich es ihr gleichtat, und prostete mir zu.

Ich spürte kleine, kalte Schweißperlen auf der Stirn. Der Alkohol machte sich bemerkbar. Vielleicht war ich auch errötet. Es wäre möglich gewesen. Zur Sicherheit blieb ich hinter dem Schnapsglas. Kein gutes Versteck, gewiß, doch im Moment das einzige.

Eine lächerliche Strategie, dachte ich, und stellte das Schnapsglas demonstrativ auf den Tisch zurück. So laut, daß es krachte.

Und jetzt? fragte ich.

Und jetzt? wiederholte die Kellnerin, und schaute dabei so überlegen und zielstrebig, als hätte sie den weiteren Verlauf des Abends längst festgelegt.

Sie kam mir näher mit ihrem runden Gesicht, und ich starrte auf ihre rissigen, wulstigen Lippen, die immer näher kamen, größer wurden, noch einmal befeuchtet sich jetzt öffneten, und lauerten auf den geeigneten Augenblick. Und wann war ein Augenblick je geeigneter als jetzt.

Ich war ihr ausgeliefert, saß da wie hypnotisiert, und war doch die Beute, die dem Raubtier aufgelauert hatte.

Und jetzt, dachte ich. Aber da hatte sie mich schon geküßt. Irgendwie zu hastig zwar, ohne mir die geringste Chance zur Erwiderung zu geben. Aber geküßt.

Komm mit zu mir, hauchte sie dann, nahm mich bei der Hand und führte mich, wie man ein Kind über die Straße führt, aus der Wirtsstube. Sie führte mich durch die hintere Tür, durch die, die zu den Zimmern führt, und sie löschte beim Hinausgehen das Licht.

Ein paar tastende Schritte durch den dunklen Korridor, schon waren wir bei ihr. Dort knipste sie ein kleines Lämpchen an, ein Licht im dezenten Warmton, das den Raum nicht wirklich hell machte, sondern nur soviel Licht abgab, daß es den Körpern schmeichelte.

Sie umarmte mich, küßte mich wieder. Aber ebenso hastig wie in der Wirtsstube schon unterbrach sie den Kuß, als gäbe es Dringlicheres und entledigte sich ihrer Kleider so rasch, daß kein Moment der Spannung mehr Platz hatte, wobei sie die Zielstrebigkeit eines Mannes entfaltete, wie sie gleichzeitig aus Rock und Unterhose schlüpfte, die Bluse mit dem Unterhemd auszog, den BH wie Ballast fallen ließ, und auf dem Wege zu mir, während dieser beider Schritte, noch die Socken abstreifte, um nicht die Spur des Grotesken aufkommen zu lassen.

Oder war sie einfach ängstlich gewesen, der von ihr geplante Ablauf könnte durch irgend etwas eine Störung erfahren? Die Zeit zumindest, wollte sie auf ihrer Seite wissen. Kein Versäumnis sich vorwerfen und keine Trödelei.

Keine ihrer Handlungen schien deshalb zufällig. Schon gar nicht ihr Griff in die Nachttischschublade, aus der sie mit zwei spitzen Fingern, wie aus einer Lostrommel, ein Kondom zog.

Vorsicht ist die Mutter der Porzellankiste, sagte sie dann.

Und befreite mich mit zwei raschen, kunstfertigen Griffen aus der mir zu eng gewordenen Hose, löste das Kondom aus der Verpackung und stülpte es mir ebenso kunstfertig über das steife Glied. Noch eine abschließende, prüfend hinabgleitende Handbewegung, als letzte Sicherheitskontrolle, dann schwang sie sich rittlings auf mich, wie auf ein domestiziertes, durchaus berechenbares Pferd, das auf alle Hilfen reagierte, und ritt los; einen unbarmherzigen Ritt, bei dem der Schmerz die Lust übertrumpfte. Ein paar konzentrierte Bewegungen, ein Schenkeldruck, ein schnellerwerdender Keuchatem, und schon war sie am Ziel, brach dort zusammen, wie ein Marathonläufer, der auf den letzten Metern noch einmal alles gegeben hatte.

Ich dagegen hatte Probleme. Das Kondom hatte ein Fältchen geworfen, und jenes hatte sich unter meine Vorhaut gezwängt. So taumelte ich zwischen Lust und Schmerz, diesem trostlosen Niemandsland, ziellos umher, erregt zwar, doch ohne jede Hoffnung auf Erlösung. Das Glied aber stand wie ein Turm in der Schlacht, täuschte Unerschütterlichkeit vor und forderte geradezu provozierend den Reiter heraus: Noch taufrisch wäre die Mähre, allein der Reiter am Ende.

Sie nahm indes die Herausforderung an, zögernd erst, mit nur halbherzigen Bewegungen, doch wuchs aus dieser launigen Gangart bald ein ekstatischer Ritt, den sie forcierte mit unnachgiebiger Strenge, der sie aber selbst so strapazierte, daß der Schweiß von ihrem Gesicht auf mich tropfte. Ihr Atem wurde schneller und lauter, ihre Bewegungen treibender, bis ein triumphaler Erlösungsschrei Atem und Körper in ein wollüstiges Satori tauchte. Dann sackte ihr ganzer Körper wie leblos über mir zusammen und ihre Haut fühlte sich naß und kalt an.

Erst allmählich tauchte sie wieder auf, erwachte der Körper von neuem; sie räkelte sich an meine

Schulter, küßte mir Hals und Mund, und da ich noch mit gleicher Präsenz in ihr steckte, erwiderte sie meine zaghaften Stöße.

Ihre Bewegungen aber wirkten jetzt überlegt; die Positionen die sie einnahm und wieder wechselte, ihr hin und her so durchdacht, auch ihr *„Du-bist-ja-so-wunder"* Geflüster und ihre wohltemperierten Lustschreie.

Sie hatte Lust empfangen und wollte nun diejenige sein, die sie zurückzahlt, mit gleicher Münze, und sei es unter Aufwendung sämtlicher Verführungskünste. So spulte sie alle Variationen, die ihr Kaleidoskop zu bieten hatte, einzig zu dem Zwecke ab, mich nun endlich auf den Gipfel aller Gipfel zu führen. Explodieren sollte und wollte ich in einer einzigartigen, orgastischen Eruption. Doch als dies, trotz aller Bemühungen, trotz aller Wendungen und Drehungen, nicht glückte, schaute sie mich, zur Zweiflerin ihrer Fähigkeiten geworden, ratlos an.

Das Kondom klemmt, stöhnte ich, erkärender Maßen.

Da befreite sie mich aus dieser Lage, die mehr und mehr zu einem einseitigen Vergnügen geworden war, befreite mich von diesem Billigkondom mit einer einzigen, ohne Zweifel, gekonnten Handbewegung, und schleuderte das Ding irgend wohin in die Dunkelheit des Zimmers.

Dann wanderten ihre Lippen über meine Haut, ihre Zunge spielte den Kundschafter, und ihr Atem, warm wie ein Sommerwind, strich darüber und schuf die sanfteste aller Berührungen.

Ihre Zunge jedoch war noch immer die Vorhut, der folgte sie voller Vertrauen, und sank zwischen meinen Beinen auf die Knie. Dort schuf sie mit servilem Eifer meine Befriedigung, die sie mit Küssen feierte, während ich frierend, klappernd vor Erschöpfung, daniederlag; ihr Kopf auf meinem Bauch.

Jetzt nahm sie die Decke, kroch mit ihr hoch bis zu meiner Brust, und breitete sie über uns.

Ihr Geruch störte mich jetzt. Ihr ganzer Körper war mir eine fremde Haut. Und ihre Nähe war mir unangenehm. Eine Zigarette jetzt. Das würde Abstand schaffen. Ist das der Grund, warum man überhaupt raucht? Aber ich rauche ja nicht. Ich liege nur da und fühle mich elend. Ob sie sich auch so fühlt? Ihr Atem klingt wohlig, als könnte sie jetzt einschlafen. Nein, so wie ich mich fühle, fühlt sie sich nicht.

Ich höre Lena, gemäß ihrer Zen-Lehre, sagen: Die Aufhebung des Begehrens ist die Aufhebung des Leidens.

Ich spüre die Entspanntheit der Kellnerin neben mir und denke: Frauen sind die besseren Menschen.

Ihr Körper ist wieder warm. Sie spürt, daß ich aufstehen will; weiß um das männliche Defizit zwischen Verlangen und Schuld.

Bleib noch einen Moment, bittet sie.

Ich muß gehen. Es ist wegen meiner Frau. Du verstehst schon.

Da hob sie ihr Gesicht, wischte es am Bettlaken ab, und half mir, meine Kleidungsstücke zusammenzuklauben.

Dann tastete ich durch den dunklen Flur, die Treppen hinauf.

14.

Da lag ich nun im dunklen Zimmer und schaute hinaus in den Nachthimmel, hörte den Wind in den Bäumen, und sah, wie die Wolken über den Mond herfielen, ihn gefangennahmen und wieder freiließen.

Ich lag da und dachte an Lena. Nicht mit Gewissensbissen, das nicht. Die Eifersucht war ein Spiel, das wir ausgespielt hatten. Es hätte keinen Platz mehr gefunden in den Empfindungen, die wir füreinander hegten. Wir waren uns sozusagen unentbehrlich geworden. Einer immer mehr der andere werdend. So opferten wir die Leidenschaft, vor Jahren schon, um einer etwaigen Ausbeutung zu entgehen, die irgendwann der Leidenschaft hätte Platz machen müssen. Diese Demütigung wollten wir uns ersparen. Vielleicht aber lag es daran, daß wir uns immer ähnlicher wurden. Keine Spannung stachelte uns mehr auf. Wir begehrten uns nicht mehr. Zwischen uns floß nur ein leiser, aber nicht aufzuhaltender Strom von Zuneigung. Lena schlief und war nicht aufgewacht, als ich ins Zimmer kam. Sie lag zur anderen Seite gedreht und atmete gleichmäßig. Jetzt griff sie kurz nach meiner Hand, um meine Anwesenheit zu registrieren, drückte sie, und steckte die ihre dann wieder unter die Decke. Liegend spürte ich, wie sehr die Fußsohlen brannten. Und wie die Schenkel schmerzten. Mein ganzer Körper schien eine einzige Last zu sein. Zum Leben zu schwer, doch nicht leicht genug für den Tod. Und mein Kopf war heiß. Ich sehnte mich nach Schlaf, aber ich lag wach.

Es regnete jetzt. Der Regen trommelte auf die Baumblätter, schlug einen dumpfen Trommelwirbel, dann ließ er wieder nach und verfiel in einen eintönigen Rhythmus, der einen hätte schläfrig machen müssen, hätte der ganze Körper nicht dagegen rebelliert. Zumindest aber schuf er ein Gefühl der Geborgenheit, das einen überfällt an sicherem Ort und jedes beliebige Zimmer zum Zuhause macht.

Ich lag da und hörte dem Regen zu, und ich spürte die Nachtluft, die jetzt angenehm kühl durch den Fensterspalt hereinströmte. Wieder und wieder mußte ich an die Kellnerin denken, und die Erregung dabei linderte die Fußschmerzen. Zu gerne wüßte ich jetzt ihren Namen, und es ärgerte mich, daß ich sie nicht gefragt hatte. Im Nachhinein, schien mir ihr Name plötzlich wichtig, so wichtig, als wäre er allein die Legitimation für unser Handeln gewesen.

So namenlos wie unsere Geschichte nun abgelaufen war, schien es, als hätten wir allein unsere Triebe gegeneinander antreten lassen, wie zwei übermotivierte Mannschaften oder gar Kriegsheere, und wir, die wir uns nicht einmal beim Namen nennen konnten, hielten uns aus der ganzen Sache heraus und wollten nicht weiter mit der Angelegenheit vertraut sein; als würde die Fremdheit uns Schutz bieten.

Und wie ich an die Kellnerin dachte, schlief ich ein, und wachte erst in der Morgendämmerung wieder auf.

Es regnete noch immer. Lena schlief weggedreht von mir. Ich lag da und schaut aus dem Fenster. Die Wolken hatten den Mond umzingelt und gaben ihn nicht wieder frei.

15.

Ryokan, ein Zen-Meister, führte das allereinfachste Leben in einer kleinen Hütte am Fuß eines Berges. Eines Abends durchwühlte ein Dieb die Hütte, mußte jedoch feststellen, daß nichts zum Stehlen da war. Ryokan kam nach Hause zurück und ertappte ihn. „Du bist wohl einen langen Weg gegangen um mich zu besuchen", sagte er zu dem Vagabunden, „und du sollst nicht mit leeren Händen weggehen. Bitte, nimm meine Kleider als Geschenk." Der Dieb war verblüfft. Er nahm die Kleider und machte sich davon. Ryokan saß nackt da und betrachtete den Mond. „Armer Kerl", murmelte er, „ich wollte, ich könnte ihm diesen wunderschönen Mond geben."

Ich lag im Bett und las in den Zen-Geschichten. Lena war schon aufgestanden. Sie saß in der Fensterecke des Zimmers und meditierte. Ich ging zu ihr, strich über ihr Haar als Guten-Morgen-Gruß, dann schaute ich aus dem Fenster. Draußen hatte es sich eingeregnet. Der Garten lag aufgeweicht zwischen den Zierhecken, und auf den Gartentischen hatten sich Pfützen gebildet. Jetzt war also die kalte Sophie an der Reihe, nachdem die Eisheiligen mit Nachtfrost und kalten Winden schon nicht gegeizt hatten. Sieben Wochen Regen hieß das, wollte man der Wetterregel trauen. Die Wirtin schien das zu tun. Als wir beim Frühstück saßen, sagte sie, die kalte Sophie wäre schlimmer, als die drei Eisheiligen zusammen. Dann ließ sie es sich nicht nehmen, die Patrone beim Namen zu nennen, Pankratius, Servatius, Bonifatius, um dann übergangslos vom Geburtstag ihrer Schwester, der sie über alle Maßen enttäuscht hatte, zu berichten. Gegen alle Gewohnheit hatte die Schwester nämlich neben den nahen Verwandten auch ihre Freundinnen und Nachbarn eingeladen, wodurch ein vertrauliches Gespräch, über die Dinge, die ihr schon lange am Herzen lagen, nicht möglich gewesen wäre. Längst schon wollte sie doch darüber reden, ob man das Elternhaus verkaufen und jeden auszahlen, oder ob man es, wie bisher, weiter vermieten soll. Sie wäre so enttäuscht darüber gewesen, gestand sie uns, daß sie in aller Frühe bereits, und ohne einen Kaffee noch dort zu trinken, ins Auto gestiegen und heimgefahren wäre.

Lena fragte die Wirtin, ob wir das Zimmer bis zum Mittag noch behalten dürften, und stellte sogar, sollte das Wetter sich nicht bessern, eine zweite Übernachtung in Aussicht.

Das könnt ihr euch immer noch überlegen, sagte die Wirtin, das Zimmer ist auf jeden Fall frei.

Damit entfernte sie sich, um die inzwischen fertiggewordenen Frühstückseier zu servieren.

Ich löffelte mein Ei und überlegte, ob ich Lena das mit der Kellnerin jetzt erzählen sollte. Ich war mir unschlüssig. Ihre Reaktion war nicht unbedingt voraussehbar. Zudem wäre es prekär gewesen, wenn während des Erzählens die Kellnerin in die Gaststube gekommen wäre, und Lena hätte sie, sozusagen wissend, angeschaut. Wie ein ertappter Doppelagent hätte ich mich gefühlt. Vielleicht aber hätte mir Lena auch ein Koan aufgegeben: *Hörst du das Klatschen der einen Hand?* Sowas in der Richtung. Oder sie hätte mir eine Geschichte erzählt: *Tanzan und Ekido wanderten einmal eine schmutzige Straße entlang. Zudem fiel auch noch heftiger Regen. Als sie an eine Wegbiegung kamen, trafen sie ein hübsches Mädchen in einem Seidenkimono, welches die Kreuzung überqueren wollte, aber nicht konnte. „Komm her, Mädchen", sagte Tanzan sogleich. Er nahm es auf die Arme und trug es über den Morast der Straße. Ekido sprach kein Wort, bis sie des Nachts einen Tempel erreichten, in dem sie Rast machten. Da konnte er nicht mehr länger an sich halten. „Wir Mönche dürfen Frauen nicht in die Nähe kommen", sagte er zu Tanzan, „vor allem nicht den jungen und hübschen. Es ist gefährlich. Warum tatest du das?" „Ich ließ das Mädchen dort stehen", sagte Tanzan, „trägst du es noch immer?"*

Ich hätte jetzt gerne eine Zen-Geschichte aus Lenas Mund gehört. Wenn Lena erzählte, dann wurde man wunschlos. Doch Lena sagte nichts, und die Kellnerin blieb verschollen.

Also nahm ich mir die Zeitung von der Garderobe und las: Der Verwaltungsgerichtshof von Baden-Württemberg bezeichnet eine Polizeikostenverordnung des Landes für rechtmäßig, wonach Demonstranten nach Polizeieinsätzen die Kosten zu ersetzen haben.

Außerdem forderte Michail Gorbatschow in einer ersten öffentlichen Stellungnahme zum Tschernobyl-Unfall zur internationalen Zusammenarbeit in Kernenergiefragen auf.

Lena unterbrach mich, sagte, daß sie Gummistiefel kaufen wolle. Ich riet ihr ab. Schließlich hatte Werner Herzog auf seiner Wanderung nach Paris auch keine Gummistiefel, obwohl er durch Matsch und Regen laufen mußte.

Lena trank ihre Tasse Tee zuende. Ich blätterte weiter die Zeitung durch. Die bundesdeutsche Mannschaft hatte im letzten Vorbereitungsspiel zur WM, Niederlande mit 3:1 geschlagen.

Lena wartete auf mich. Mit einem Schirm, den die Wirtin ihr geborgt hatte. An den Geschäften vorbei, in denen nun eine gewisse Betriebsamkeit vorherrschte, geschützt vor dem Regen, den niemand mehr fürchtete, gingen wir die steile Straße zur Klosterkirche hoch.

Das Kloster hatte seine Geschichte: In frühen Zeiten war es ein Frauenkloster gewesen, das von den Ungarn zerstört wurde. Die flüchtenden Frauen aber hatten auf freiem Felde ihren Klosterschatz vergraben. Den legte ein Ochse vor dem Pflug hundert Jahre später wieder frei. Als Gotteswink verstanden, wurde ein neues Kloster erbaut, in das Benediktinermönche aus St. Blasien einzogen.

Bei der Toreinfahrt ging wieder ein heftiger Schauer nieder, so daß wir schnell den geräumigen Vorplatz mit der Mariensäule überqueren mußten, um ins Trockene zu gelangen. Einen Blick noch auf die barocke Fassade werfend, flüchteten wir in die Kirche, wo neben dem barocken Innern, der spätgotische Altar und Chorraum hervorstach. Stuckornamente an Gewölben und Wandflächen, Gewölbefresken am Hochschiff, gerahmte Reliefs mit Aposteln und Heiligen, die Figur Christi als Salvator Mundi. Den Rokoko-Altar mit der Marienkrönung betrachteten wir, die gediegene Arbeit des Chorgestühls und die Barockorgel des am Ort geborenen Joseph Gabler.

Wenn keine Messe störte, war mir die Kirche noch immer Zuflucht. Verhaftet, weil konditioniert mit dem Glauben, doch angewidert von der schamlosen Heuchelei der Institution. War das meine ewige Diskrepanz?

Auch jetzt wieder. Ich fühlte so etwas wie Geborgenheit in diesem Gemäuer, fühlte meine Seele. Gleichzeitig begann eine Wut in mir zu brodeln, wenn ich an die allzu fortschrittsgläubigen Stellungnahmen der Kirche zu Tschernobyl dachte. Dabei demonstrierte sie doch neuerdings Toleranz! Papst Paul II. hatte erst im April des Jahres als erstes Oberhaupt der katholischen Kirche zusammen mit einem Rabbiner in einer Synagoge in Rom gemeinsam gebetet.

Eine Schulklasse hielt sich im Mittelschiff auf, der

wurde die Geschichte des Klosters, mit all den Äbten, den Gründungen und Verheerungen, erzählt. Gespeist wurden sie mit Daten, die dem Kirchenführer so teilnahmslos über die Lippen gingen, als handele es sich dabei um ganz und gar ereignislose Zeiten. Und nur ein- oder zweimal, als läge seine Aufgabe nun allein darin, die Gedanken der Kinder, die längst abgeschweift waren und irgendwo in der Weite der dreischiffigen Kirche umherirrten, bei den Martyrern oder Erzengeln, wieder zurückzurufen, hob er seine, bis dahin leiernde Stimme, zu einer wahren Deklamation an, so, als würde nun das Wesentliche folgen. Doch wieder folgte nur das Datum eines erneuten Umbaues, der Abriß des alten, oder die Errichtung eines neuen Altares. Seine Stimme wurde nun zu einem Schnattern. Er sprach vom Martyrertod des dreiundneunzigjährigen Pater Jakob, klagte über die Verheerungen der Schweden, die das Chorgestühl verbrannten, und berichtete von der Säkularisation im Jahre 1803.

Lena entfernte sich von der Gruppe, und ich folgte ihr durch die seitlichen Kirchengänge, an den Nebenaltären vorbei, die dem hl. Antonius, dem hl. Benediktus, dem hl. Sebastian geweiht waren, vorbei am Lamm Gottes und Mariens Himmelfahrt, bis wir wieder in den Sog der Schulklasse gerieten, wo der Kirchenführer gewichtig von der Einführung der Fronleichnamsprozession im Jahre 1609 kündete.

Unter der Orgelempore trieb unterdessen Christus die Händler aus dem Tempel, und Luzifer wurde vom Erzengel Michael aus dem Himmel gestürzt.

Lena und ich setzten uns in eine der Bankreihen und schauten zum Kreuzaltar, der dem Hochaltar, dem symbolisierten Himmel, im Wege stand, als führe jeder Weg zur Seligkeit allein über das Kreuz. Doch gegen alle Widrigkeiten und Windigkeiten des Lebens gab es jemand, der einen beschützte, der einem zur Seite stand mit Rat und Tat. Die Schutzpatrone und Nothelfer, die als Vorbilder und Fürsprecher die beiden Seiten, die Männer- und Frauenseite, flankierten, die Evangelisten, Kirchenväter und Erzengel.

Hilfe war überall zu erbitten. Bei Wassergefahr rief man nach dem hl. Nikolaus, Nepomuk hütete das Beichtgeheimnis, und der hl. St. Blasius befreite einen im entsprechenden Notfall von tückisch sitzenden Fischgräten. Wo in den alten Religionen noch die Götter ihre Resorts hüteten, fand im Laufe einer langen Kirchengeschichte, für alle neuen und alten Erfordernisse, eine Umverteilung an Zuständigkeit und somit eine Neubesetzung statt.

In dieser Ordnung gab es immer einen, der für irgend etwas zuständig war. Die Pferde hatten ihren Schutzpatron und die Apotheker, die Fischer und Feuerwehrleute, die Jäger und die Gejagten. Es gab die vierzehn Nothelfer, die man anrufen konnte bei all den Glückshindernissen, die das Leben mit

Beharrlichkeit errichtete. Sie legten mit Hand an. Auf sie war Verlaß. Mit ihnen hätte man rechnen können.

Ach, gäbe es doch einen Schutzpatron für die Kernkraftgegner und einen für die Strahlenopfer, sinnierte ich, heischend nach Aktualität. Aber da hing mein Blick schon beim hl. Hieronymus, der gerade dabei war, einen Stachel aus einer Löwenpfote zu ziehen, so daß der Löwe, zahmgeworden durch diese Tat, fortan im Kloster leben durfte. Ja, die Heiligen hatten ihre eigenen Probleme und die unseren waren noch zu neu für die Kirche.

Dort wusch sich Pilatus noch immer die Hände, und noch immer war der hl. Georg mit dem Drachen am Werk. Und Gabriel, der Verkündungsengel, was kündigte er noch an? Und von was spricht er, der Rufer in der Wüste?

Von der Ausrottung der Tiere, von der Verseuchung der Flüsse und Meere, der Verschmutzung der Luft, dem Sterben der Bäume? Oder mahnt er allenfalls zur Keuschheit, wie die halbnackte Frau, auf deren Haupt sich Schlangen tummeln, auf dem Bild zur Verehrung der Heiligen Monstranz.

Ob man auf die Kirche zählen konnte war zu bezweifeln. War sie nicht zu verstrickt in die weltlichen Dinge, in profitable Geschäfte, die letztlich Sympathie und Befürwortung der friedlichen Nutzung der Kernenegie erzeugten, und allenfalls lauwarme Ermahnungen zuließen, die zur Vorsicht zwar, mehr aber noch zur Ordnung riefen.

Nein, auf die Kirche war kein Verlaß, da war ich mir sicher.

Die Kirche hatte andere Sorgen. Da gab es Kirchenaustritte in großer Zahl, die zur Sorge Anlaß gaben. Zudem sproßen immer mehr Sekten aus der Erde, unbändig wie Unkraut, welches vernichtet werden mußte. In allen Kultursparten waren Gotteslästerer zu Gange, denen mußte man Einhalt gebieten. Und im übrigen galt es, sich vor allem an die Fersen jener Frauen zu heften, die ungeborenes Leben in Gefahr brachten.

Kein Rufer in der Wüste, oder doch?

Lena war aufgestanden, war in den Mittelgang getreten, hatte knicksend das Kreuzeszeichen gemacht, und ging nun zur anderen Seite, zu den Ordensgründern der Karthäuser und Zisterzienser und zu den Martyrern, dem Bartholomäus, Tiemo und Simon, die die Kirche sich hielt wie Trophäen. Sei es ihrer Festheit des Glaubens wegen, oder der Grausamkeit ihres Todes.

Ich wollte jetzt gehen. Alleinlassen die Drachenbezwinger und das siebengehörnte Lamm, das nicht länger geduldiges Opfer sein wollte. Der Flug des Adlers und die Kraft des Ochsen, nichts wissen wollte ich mehr von solchen Symbolen, und nichts hören vom Rufer in der Wüste, es sei denn ein Schrei des Entsetzens oder ein Ruf der Empörung. Es sei denn, er ließe die alten Reden und spräche zur Sache.

Ich folgte Lena, die schon unterwegs zum Hauptportal war. Dort unter der Orgel trieb Jesus noch immer die Händler aus dem Tempel, und Michael stürzte Luzifer vom Himmel.

16.

Hier mache ich, wenn du erlaubst, wieder eine Pause, und lasse meine Hemden waschen und meine Stiefel besohlen.

Ich dachte an Seume und an seinen Spaziergang nach Syrakus. Ich schaute aus dem Fenster, schaute dem Regen zu, der in Bindfäden niederging.

Doch Lena wollte weiter, trotz des Regens. Und das, obwohl ich ihr die Gummistiefel ausgeredet hatte. Nichts hielt sie mehr hier. Ihr Wille, die Wanderung heute fortzusetzen, war stärker als mein Einwand. Ich bezahlte bei der Wirtin, die sich ein Wiedersehen wünschte, wie sie sagte, und dachte dabei, den Namen der Kellnerin werde ich nun niemals erfahren.

Draußen schlug mir der Regen wie eine Ohrfeige ins Gesicht.

Lena gab mir eine Zen-Weisheit mit auf den Weg: *Wenn du dieses Tor durchschreiten willst, laß kein Denken aufkommen.*

Dann zeigte sie mir den Krummbach, den Mönche einst anlegten, um Mühlen anzutreiben und um Holz zu transportieren. Überhaupt versuchte sie nun alles, mir den Weg schmackhaft zu machen. Durch Teichgebiete und Fürstenwälder führte sie mich, ein Stück weit die Welfenstraße entlang, an Höfen vorbei, die Nasenmichl, Sattler- und Semershöfe oder Schandhöfe hießen. Sie tat alles, damit ich den Regen, der nachließ und wieder stärker wurde, vergessen konnte. Lena hatte sich an den Regen gewöhnt. Mich machte er noch immer verdrießlich. Zudem traute ich ihm noch nicht. Der Regen wurde seine Rolle nicht los. Außerdem raubte er einem den Blick in die Weite. Nur einmal, auf dem ersten Wegabschnitt noch, als sich der blaue Himmel durch die Wolkendecke gedrängt hatte, da schauten wir in die Weite, als müßte man all das für den Untergang vorgesehene noch einmal betrachten. Die Dörfer sahen, bei der aus der Wiese steigenden Feuchte, aus, als wären sie übriggeblieben. Erinnerungsstücke, die das Herz rührten, doch lediglich geduldet waren. Das Gefühl der Beständigkeit aber war ihnen abhanden gekommen. Sehnsüchte konnten sie wecken, wie die nach der guten alten Zeit, von der die Großmutter erzählte, so, als wäre damals, mit dem Ende der Monarchie, überhaupt alles zuendegegangen.

Die friedlich schlafenden Dörfer aber waren ein Trugbild, wie die Frische des Mairegens. Über alle Nachrichten und Bedrohungen hinaus, schienen sie der Zeit entrückt, als hätten sie mit diesem Leben nichts gemeinsames mehr, und sie verkrochen sich unter dem milchigen Dunst dieses frühen Regennachmittags.

Ich aber hörte es ticken. Als wären meine Sinne Geigerzähler.

War wachgerüttelt bis ins Mark. Wie schamlos war doch diese Zeit. Wie aber konnte man sich ihren Vorgaben entziehen? Einfach auf alles verzichten, was die Atomindustrie legtimiert? Jedem Luxus entsagen? Doch wo fängt der an? Kühlschrank, Waschmaschine, Elektroherd, Stereoanlage und Fernseher waren längst zur Selbstverständlichkeit avanciert, waren das Salz in der Suppe, das einem faden Leben erst den Geschmack verlieh. War es nicht an der Zeit, dieses Leben zu boykottieren, das doch mehr und mehr zur bloßen Unterhaltung verkam.

Der Regen machte mich unzufrieden. Als demütige er mich, dachte ich plötzlich an Kampf. Wie in den alten Zeiten. Lena dagegen sprach vom friedvollen Krieger, der grundlos glücklich zu sein hatte. Leben war nie als Kampf gedacht, sagte sie. Und schritt schamlos kokett neben mir her. Sie hatte gut reden. Ihre Schuhe hielten der Nässe weitgehend stand. Meine jedoch waren durchgeweicht, die Socken naß, so daß die Füße juckten. Ja, das Jucken wurde unerträglich. Ich zweifelte meinen Lebenswunsch an.

Das erste Entsetzen wird einem Verdrängungsmechanismus weichen, sagte ich Lena.

Doch ihre Gedanken waren anderswo als die meinen.

Wenn wir nicht verstehen, sind Berge Berge. Wenn wir anfangen zu verstehen, sind die Berge nicht mehr Berge. Wenn wir richtig verstehen, sind die Berge wieder Berge.

Später bildete ich mir ein, man könnte sich an

das Jucken gewöhnen. Lena schlug vor, ich solle lieber die Füße frottieren und die Socken wechseln, dann hätte ich für eine Weile Ruhe.

Bei der nächsten Waldarbeiterhütte folgte ich ihrem Rat. Dort konnten wir unter dem weitreichenden Dach uns unterstellen. Ich rieb meine Füße trocken, zog gleich zwei paar Socken an und schlüpfte in die nassen Schuhe zurück.

Der Kopf ist abhängig von den Füßen, sagte ich, stolz darauf, ein Koan kreiert zu haben. Selbst Lena erstarrte einen Augenblick lang vor Ehrfurcht. Und der Regen machte sich aus dem Staub.

Ich dachte an Günter Grass und an die Arche Noah. Da es zu Regnen aufgehört hatte, vergaß ich die Arche wieder. Aus den vierzig Tagen und Nächten, in den es unaufhörlich regnete, würde ohnehin nichts werden. Eher schon aus der Apokalypse. Die Ratten hatten die Sintflut überlebt, weil sie ihre Fluchtbauten im Erdreich mit opferbereiten Altratten verstopften. Dieses *Anti-Noah-Prinzip* wendeten sie nun bei Atomexplosionen an. Die Ratten hatten aus der Bibel gelernt.

Die Orte hießen nun Bellamont und Füramoos. Die Frösche schrien aus vollem Halse. Lena verwandelte die Sumpfdotterblumen dort in Caltha palustris. Zur Familie der Hahnenfüße gehörten sie dennoch.

In Tschernobyl gehe der Schaden in die Milliarden, hatte ich gelesen. Es beruhigte mich, daß der Schaden so einfach zu schätzen war.

Lena sagte, die Intelligenz des Herzens ist den Männern fremd.

Ihre kurze, feministische Vergangenheit war ihr hochgekommen wie ein Rülpser. Bald aber fand sie in ihre Allweisheit zurück. Und sie sagte, *was auch immer passiert, trink eine Schale Tee.*

Der Weg führte nun zum Dietmannser Ried. Dort wanderten wir, zwischen anmoorigen Wiesen und durch das Birkenflachmoor, den Weg an der begradigten Dietmannser Ach entlang, die wir einmal überquerten. Von dort aus erkannten wir, am vielfältig gewundenen Schilfband, das alte Achbett, oder das, was von ihm übriggeblieben war.

Das Flachmoor mit seinen Krüppelbirken und dem hohen Pfeifengras, die feuchten Wiesen, auf denen Fettkraut und Mehlprimeln blühten, wirkten jetzt am frühen Abend, als es endgültig zu regnen aufgehört hatte, geduldig. In unserem unstimmigen Gefühl, zwischen Fremd- und Vertrautheit, dem Moor gegenüber, entschlossen wir uns dazu, morgen, wenn das Wetter halten würde, eine Moorwanderung zu unternehmen.

Jetzt aber nahmen wir den kürzesten Weg in die Stadt, schon weil meine Füße schon wieder juckten, und waren froh, daß wir auf Anhieb eine Unterkunft fanden.

Wir entledigten uns der nassen Kleidung, stopften Zeitungspapier in die Schuhe und stellten sie zum Trocknen auf die Heizung. Anders als am Vortag waren wir nicht erschöpft, ja, nicht einmal müde, so daß eine Lust am Bummeln uns in die noch trockengebliebene Kleidung trieb.

Die Pension lag in der Nähe des Stadtkerns. Das Ende des Regens hatte die Kurgäste aus den Kurheimen und Heilbädern auf die Straße geschwemmt. Jenseits der Kuranlagen bewegten sie sich aber so vorsichtig, als würden sie einen fremden Kontinent betreten.

Vorbei an den verschlossenen Toren des Alten Schlosses, betrachteten wir die Dreiflügelanlage des Neuen Schlosses, und, im Glaskasten an der Pforte, Fotos des Barock-Treppenhauses, mit modernsten Rokokokartuschen und einem Deckenfresko, das den antiken Götterhimmel zeigte. In die Auslagen der Geschäfte schauten wir, und lasen die an der Informationswand des Kurmittelhauses angeschlagenen Plakate. Ein Barockkonzert, Vivaldi und Pachebel, eine Dicherlesung, ein Heimatabend, Kunst- und Kirchenführungen. Eine Fahrt, die Bäderstraße entlang. Eine Rundreise zu den Barockkirchen. Eine Exkursion ins Ried.

Später, in der Auslage des Bioladens, die verbürgt strahlenfreien Eier, der Glashaussalat, daneben Broschüren über biologischen Landbau und makrobiotische Küche. An der Eingangstür ein Plakat der Grünen: Informationsabend zu Tschernobyl. Heute um acht, im Nebenzimmer eines Gasthauses.

Warum nicht, sagte Lena.

Mir aber war mehr nach oberschwäbischen Leibspeisen zumute. Nach Ochsengaum in Bechern und Creme von Körbelkraut, Rebzehmer zum Braten, dazu ein Pastetlein mit Beschamell, Granatin mit Cichori, ein Fricando glasirt und ein Karree von Kalbfleisch mit saurem Rahm. Vielleicht noch eine klare Suppe von Hopfen zuvor, ein Hühnlein mit klarer Soße, einen Timbal von Makkaroni, und zuletzt eine Pomeranzensulz.

Doch barock waren allein die Kirchen und Treppenhäuser. Die Küche war respektlos in unser Jahrhundert geglitten, wo eine einheitliche Bratensoße für Demokratie stand, Fertigpanade der Fortschritt war, und Ketchupspuren bis in die Speisekarten des *Rößle*, *Adler* und *Ochsen* führten.

Wir könnten zuvor zu dem Italiener dort an der Ecke gehen, schlug Lena vor.

Gut, sagte ich, und zeigte mich einverstanden. Schließlich gab es gegen eine Scaloppine al Limone nichts einzuwenden, vorausgesetzt, die Fettucine Pescatore zuvor wären nicht zu salzig, und der venezianische Rissotto all'onda nicht zerkocht worden. Dann konnte eine Polpette alla Casalinga einen die schwimmend gebackenen Kalbsbrieschen, die sich Fritto Misto nannten, die Vorfreude auf die Dolce Torinese nicht verderben.

Wir steuerten also dem Italiener zu, fanden einen freien Tisch und bestellten eine große Pizza Margherita ohne Salat, weil es schnell gehen sollte.

Gerne wäre ich länger sitzen geblieben, hätte nochmals von dem Chianti aus der Zweiliterflasche bestellt, doch Lena drängte, es gehe schon auf halbneun zu, und fragte, endlich draußen, nach dem Weg.

Das ist nicht weit von hier, sagte der Mann, den Lena angesprochen hatte, und erklärte uns umständlich Richtung und Gasse.

Dort strömten die Leute in besagtes Nebenzimmer, welches ein Wirtshaussaal war, vorrangig wohl den Hochzeitsgesellschaften vorbehalten. Er war schon so vollbesetzt, daß es nun an der Eingangstür zu Stockungen kam. Die Organisatoren zeigten sich aber bemüht, und versuchten eifrig, durch Entfernen der Tische, welche durch Stühle ersetzt werden sollten, weitere Sitzgelegenheiten zu schaffen.

So hatte sich der Beginn der Veranstaltung bald um eine Stunde verzögert, und während unter den Leuten, die wie wir zu spät gekommen waren, und daher keinen freien Stuhl mehr fanden, auch keinen von den neu gebrachten ergattern konnten, noch darüber diskutiert wurde, ob man nicht doch einen größeren Saal hätte mieten sollen, betrat jetzt ein Mann, Mitte dreißig, bärtig, mit schlaksigen Schritten das Rednerpult; in der rechten Hand seine Notizen haltend, die linke in der Jackentasche steckend.

Liebe Freundinnen und Freunde, begann er, die ersten trockenen Akkorde anzuschlagen, auch vor Tschernobyl war die Welt verseucht, aber seither wissen wir es. Trotz aller Beschwichtigungslügen, die die Atomlobby über die öffentlichen Medien unters Volk streuen durfte.

Er wartete die eben einsetzende Beifallswoge ab, und als diese nur mehr sanft dahinplätscherte, begann er, den allen längst bekannten Störfall im Reaktorblock IV von Tschernobyl, dem Versagen des Notstromaggregats, dem Versagen der zentralen Kühlpumpe, zu repetieren.

Dabei schwankte er von einem Fuß auf den anderen, als müsse er Gleichgewicht halten, während seine linke Hand, die er immer noch in der Jackentasche gesperrt hielt, nervös dort herumfuhrwerkte, und die er erst freiließ, als er ihr eine Aufgabe zuteilte, nämlich die, den berühmten Gastredner, der schon mit einigen Publikationen auf dem Gebiete des Umweltschutzes an die Öffentlichkeit getreten war, herbeizuwinken.

Auch verheimlichte er nicht die eigene Dankbarkeit, die er dem Gastredner für sein Engagement schuldete, dessen hervorragende Gutachtertätigkeit er hervorhob, und während sich nun der Wechsel am Rednerpult unter Beifall vollzog, hielt er nun seinen Arm schützend um den Gastredner, aber auch wieder so, als präsentiere er ihm die Gunst des Publikums, ja, als mache er ihm, als Gegenleistung sozusagen, dieses Publikum zum Geschenk.

Der Gastredner bedankte sich, attackierte dann umgehend Minister und Behörden, die die Bevölkerung schamlos im Stich gelassen hatten. Selbst als in München hochgradig verseuchter Regen niederging, sagte er, unterblieb eine Warnung. Stattdessen wurden die Meßwerte als geheim deklariert und die Bevölkerung mit unwahren Behauptungen über die deutschen Sicherheitsvorkehrungen abgespeist. Er zitierte Sprecher der Bundesregierung, Sprecher des Innenministeriums, all ihre grotesken Widersprüche, Verharmlosungen und Hilflosigkeiten. Er warf sie dem Publikum zum Fraß vor. Die schütteten Hohn und Spott darüber, doch im Hinterkopf, das ließ sich nicht verleugnen, saß immer auch die Angst.

Und diese Angst, wie er sagte, wäre hinter all den Fragen gestanden, die ihm in den vergangenen Tagen so häufig gestellt wurden: Ob Jodtabletten helfen, oder ob verreisen sinnvoll wäre. Wie hoch die Strahlenwerte nun wirklich seien, und wie hoch die zukünftige Strahlenbelastung sein wird. Ob diese im Körper spürbar, und wie gefährlich sie für die Gesundheit ist. Ob es sich lohnt einen Geigerzähler zu kaufen. Wie man es mit der Ernährung halten soll. Ob es in Zukunft überhaupt noch unverseuchte Nahrung geben wird. Welche Sorgen sich Schwangere machen müßten, und wo denn nun die Kinder spielen sollten.

Er wußte eine Antwort auf all die Fragen, und schüttete sie verschwenderisch in die Menge: Natürlich verreisen, solange wie es nur geht, in ein unverseuchtes Land, sofern man es sich leisten kann. Freilich wäre die Strahlung gefährlich, wenn auch nicht spürbar bei niedriger Strahlung. Doch könne sie Krebs erzeugen und unreparable Schäden an den Genen anrichten. Bei der Nahrung, das habe sich ja herumgesprochen, auf Frischobst und Frischgemüse verzichten, sowie auf Frischmilch und auf die Eier von freilaufenden Hennen. Wild und Pilze sollten außerdem tabu sein. Einen Geigerzähler sich anzuschaffen wäre allerdings weniger sinnvoll, da er nur eine gewisse Grundstrahlung ermitteln würde; für den Isotopennachweis in Nahrunggsmitteln aber benötige man kostspielige und schwer zu bedienende Spezialinstrumente.

Er kam dann ins Referieren: über die Wirtschaftlichkeit der Reaktoren, über Atommüll und Wiederaufbereitung, und er resümierte, da die Reaktoren weder sicher, noch wirtschaftlich, noch sauber wären, gebe es nur eine Konsequenz: sie abzuschalten.

In diese Schlußfolgerung platzte der Beifall als eine Woge der Zustimmung, und es dauerte und brauchte einige Ansätze, bis eine Frage aus dem Publikum bis zum Rednerpult vordringen konnte, welche beinhaltete: Warum die Reaktoren denn dann gebaut würden. Worauf der Gastredner antwortete: Es wäre die wirtschaftlichste Methode zur Plutoniumherstellung für Atombomben.

Ein Raunen ging durch den Saal, das wie ein tiefer Akkord im Scharren der Stühle erstickte. Verblüffung und Unglaube hielten sich plötzlich die Waage, und man begann untereinander abzuwägen, wer denn im Recht wäre und wer im Unrecht, was glaubwürdig und was zweifelhaft war.

Die nun eingetretene Unruhe veranlaßte den Mitorganisator sich wieder zum Rednerpult zu begeben, um von dort aus um Ruhe zu bitten. Als diese eingetreten war, unterbrochen nur noch von einigen Zwischenrufen, forderte er das Publikum dazu auf, sie mögen nun ihrerseits Fragen, die bisher nicht erörtert oder nur unzureichend beantwortet worden wären, an den Referenten zu stellen. Eine Weile geschah nichts. Dann die kaum hörbare Frage einer jungen Frau, ob es gefährlich wäre zu stillen. Der Gastredner verneinte.

Als müßte man sich Erleichterung verschaffen wurde gelacht. Immer wieder. Wegen kleinster Anspielungen. Der dümmlichen Sprüche aus den Informationswirren der Politiker wegen, die zitiert wurden. Ein Galgenhumorlachen, gewiß. Anspannung und Beklemmung sollten sich lösen. In Gemeinschaft, so schien es, versackte der Schrecken.

Freilich gab es auch Leute, die die Gefahr anzweifelten, von Panikmache sprachen, und, ungeachtet der Empörungsrufe, versuchten, die Angst als eine diffuse, weil herbeigeredete, abzutun, was ein anhaltendes, schier tätliches Buhrufen zur Folge hatte.

Wohl war es dem Geschick des Referenten zu verdanken, daß es nicht zu körperlichen Übergriffen gekommen war, denn der kollektive Zorn war mit einem Male unberechenbar geworden.

Der Referent aber ging auf die Äußerungen, die zu dieser Gereiztheit geführt hatten, auf nonchalante Art und Weise ein, zeigte gar eine gewisse Kompromißbereitschaft, um dann jedoch auf die Versäumnisse, auf die nichtwiedergutzumachenden Unterlassungssünden, wie er sich ausdrückte, zu sprechen zu kommen.

Warum wurden denn Schwangere und stillende Mütter nicht rechtzeitig gewarnt? Und warum wurden diese nicht sofort nach Erkennen der ersten Versäumnisse mit Trockenmilchpulver aus den überquellenden EG-Lagern versorgt? Und warum wurde den Bauern erst viel zu spät nahegelegt, ihre Tiere nicht auf verseuchte Weiden zu lassen? Und warum wurde die Milch von Kühen, die noch Winterfutter erhielten und damit strahlenfreie Milch gaben nicht gesondert gesammelt und an Schwangere, Stillende, Mütter mit Kleinstkindern ausgegeben?

Dann plötzlich hörte ich nicht mehr zu. Hörte nicht mehr hin, auf das, was da gesagt wurde. Hörte die Fragen und Antworten nicht mehr. Voll war der Kopf. Das in Intervallen einsetzende Klatschen wirkte bedrohlich, die Nähe der Leute beengend, ihre triumphierende Solidarität beängstigend.

So wartete ich den Fortgang der Veranstaltung nicht ab, drängte nach draußen, nachdem ich Lena zuvor zugeflüstert hatte, daß ich zum Italiener zurückgehen würde.

Lena war mir aber, kaum daß ich draußen war, gefolgt, weil es ihr nun auch reichte, wie sie sagte, und sie nichts mehr aufnehmen könne.

Beim Italiener gab es gerade noch am selben Tisch, an dem wir zuvor schon gesessen hatten, Platz für uns. Zwei Männer, der eine jung, der andere um die fünfzig, saßen daran und erlaubten, daß wir uns dazusetzten.

Ihrem Gespräch, das gezwungen wirkte und erst besser in Fluß kam, nachdem sie die erste Karaffe Lambrusco geleert hatten, war zu entnehmen, daß sie ebenfalls die Tschernobyl-Veranstaltung besucht hatten. Der Ältere prangerte dann alle Politik und jeglichen Fortschritt in endlosen Tiraden an, worauf ihn der Jüngere stets mit dem Argument wirtschaftlicher Maßnahmen zu überzeugen versuchte; worauf der Ältere ihm wiederum entgegenhielt, daß wirtschaftliche Maßnahmen stets Maßnahmen gegen die Natur gewesen wären. Die Natur aber könne man nicht ausbeuten, ohne selbst Schaden daran zu nehmen. Und er redete vom Kahlschlag des Geistes, von der Eigenverantwortung, von ökologischen Krisen und klimatischen Katastrophen. Worauf der Jüngere nun eine abwertende Handbewegung machte, weil er das alles gar nicht länger hören wollte, denn er kam sich wie eine Klagemauer vor, an den der Ältere hinheulte.

Er rief deshalb den Ober und wollte zahlen.

Der Ältere aber hörte nicht auf zu lamentieren. Weißt du, was das Wort Katastrophe bedeutet, fragte er, und feuerte die Antwort gleich hinterher. Es heißt Umkehr! Wir waren auf dem falschen Weg. Aber die, die jetzt umkehren müßten, halten nicht einmal an. Sie gehen weiter, als müßte der nächste Schritt nicht überlegt werden. Gewiß, man muß erst kosten, wie es schmeckt, heißt es. Doch nun haben wir gekostet. Den ganzen Teller haben wir leergemacht. Und mehr noch, ein zweites- und drittesmal haben wir nachgefaßt, aufgeschaufelt noch einmal den Teller und gefressen, bis es uns uns würgte. Und dem Kotzen nahe, denken wir noch immer nicht an Umkehr.

Ich dachte daran, wie Max Frisch in seinem *Holozän*, das Wort Katastrophe erklärte: *Katastrophen kennt allein der Mensch, sofern er sie überlebt; die Natur kennt keine Katastrophen.*

Nun kam der Ober an den Tisch und schien den Jüngeren erlösen zu wollen. Der Ältere aber ließ sich die Rechnung geben und bezahlte für beide, was den Jüngeren zu versöhnen schien, denn gemeinsam standen sie nun auf, stimmten geradezu harmonisch ihre Bewegungen aufeinander ab und tänzelten in einer Art pas de deux nach draußen.

Auch ich dachte jetzt an die aussichtslose Lage der Welt, die, angesichts des Störfalls nun ihre Verwundbarkeit so deutlich gezeigt hatte.

Da nahm mich Lena, wie zum Trost, in ihre Arme, und schenkte mir einen Zen-Spruch: *Klopf an den Himmel und horche auf den den Klang.*

Ich lag im Bett und in meinem Kopf schwirrten die neuen Vokabeln: Gammadosisleistung, Störfallgrenzwert, Millirem, Dekontamination, Ganzkörperdosis, Beta-Strahlung, Picocurie, Sievert, Bequerel, Dosis-Grenzwert, Halbwertzeit, Fall out.

Nie zuvor hatte ich derlei im Kopf.

17.

Ohne Zweifel, ich hatte resigniert. So sah es das Mädchen im Bioladen, als ich mich weigerte, meine Unterschrift unter den Aufruf zur Stillegung aller Kernkraftwerke zu setzen, den sie mir, als ich bezahlen wollte, auffordernd über die Ladentheke reichte. So einfach nicht mehr, nein, so einfach will ich es mir nicht mehr machen, sagte ich. Da schaute sie mir mitleidig in die Augen, daß ich mir selbst leid tat, und rief mir, der ich schon die Türklinke in der Hand hielt, verzweifelt nach: Aber irgend etwas muß man doch tun!

Gewiß, dachte ich, aber nicht das. Ein anderes Spiel vielleicht. Das mit den Unterschriften hatte noch nie hingehauen. Es bringt einem nur das befriedigende Gefühl nicht untätig gewesen zu sein. Ich hätte auch nicht mehr, wie damals, mit dem Fahrrad nach Gundremmingen fahren können, um mich solidarisch einzureihen, mich einklinken in eine der Fünferreihen, einstimmen ins Lied Vom Widerstand gegen das Atomkraftwerk im Land.

Nein, das alles ging nicht mehr, das war vorüber, war vorbei. Niemals mehr würde ich die Parolen über die Lippen bringen, die wir den Passanten und den Polizisten hinwarfen wie Bonbons bei Faschingsumzügen. *Bürger laßt das Gaffen sein, kommt zu uns und reiht euch ein!*

Auch keine Aufkleber mehr. Nein. Nicht mehr

die lachende rote Sonne auf gelbem Untergrund. Weder auf dem Regenmantel, noch am Fahrrad, auch nicht am Mülleimer. Nirgendwo wollte ich ihr noch Gelegenheit geben zu lachen. Nicht einmal als Button auf meinem Jogginganzug. Nein, diese Sonne war untergegangen für immer und ewig.

Ein anderes Spiel. Das mit dem Bekennen hat nicht hingehauen.

Die ganzen Demonstrationen nichts genützt. Ein anders Spiel also. Schlag eins vor. Nichts fällt mir ein. Die Verweigerung?

Draußen aber vergesse ich schnell alle Wörter, als dürften sie nicht länger für die Politik mißbraucht werden. Lena sagte, jede politische Veränderung ist nicht mehr, als bloß eine andere Nuance im selben Bewußtsein, und somit so leicht wieder austausch- und veränderbar, allemal aber den Zufällen der eigenen Begrenzung ausgesetzt. So ist es besser zu warten, auf den hundertsten Affen, der das Gewicht der Welt zum Kippen bringt.

Dann wiederholte sie ihren Koan: *Wenn du nichts tun kannst, was kannst du tun?*

Ich hatte ihn noch immer nicht gelöst.

Im Kurpark blühten die Magnolienbäume. Sie wirkten exotisch inmitten der weitläufigen Rasenfläche, an dessen Rändern Blumenrabatte mit Vergißmeinnicht und Stiefmütterchen angelegt waren.

Auf den Kieswegen herrschte, nach all den Regentagen, ein reger Kurbetrieb. Eine Gruppe Frauen strömte geradewegs aus dem Moorbad. Sie waren jetzt, obwohl keine von ihnen jünger als fünfzig gewesen sein dürfte, so ausgelassen, wie es eigentlich nur Halbwüchsige sein können. Fortwährend lachte eine oder kreischte los. Sie schubsten sich und henkelten sich dann wieder beieinander ein. Die anderen Kurgäste schienen bei ihrem Erscheinen wie aufgeschreckt auseinanderzustoben, als kämen da keine Frauen, sondern eine Flutwelle heran.

Die gute Laune der Frauen rief ein wahres Entsetzen bei den anderen Kurgästen hervor, die so gleichmütig dahingetrottet waren, und sich so gewissenhaft mit ihrer Erholung beschäftigt hatten, daß sie nun, als die Welle der guten Laune, der sie so gerade noch ausgewichen waren, nun doch zwischen ihnen durchbrach, kopfschüttelnd dastanden, und sich erst wieder beruhigten und in ihren Trott zurückfielen, als die Frauen schon außerhalb des Kurparks auf eine Eisdiele zusteuerten.

Als wollten wir ihnen folgen, verließen wir den Park in gleicher Richtung. Damit wir nicht orientierungslos im Moor herumirrten, wollten wir bei der Kurverwaltung nach einer Riedkarte fragen.

Der junge Mann dort zeigte uns die entsprechende und empfahl uns als Wandergebiet das Haidgauer Flachmoor. Dort sollten wir, am alten Torfwerk vorbei, zu den Quellseen gehen.

Doch hätte jeder Teil natürlich seinen eigenen Reiz, meinte er, und steckte uns nebenbei ein

Hotelverzeichnis und einen Veranstaltungskalender zu.

Die Karte kauften wir dann doch nicht. Beim näheren Betrachten war sie uns wie eine zusätzliche Last erschienen. So wollten wir lieber aufs Geratewohl, die Ratschläge des jungen Mannes beherzigend, losgehen.

An einer Glasfabrik vorbei, davor Berge von Altglas lagerten, und dem dazugehörenden Parkplatz, der mit der nächsten Industrieanlage verbunden schien, führte ein asphaltierter, schnurgerader Weg ins Ried, der aber schon an dem alten, ausgedienten Torfwerk endete.

Den schmalen Gleisen mit den verrosteten Waggons, den Bretterhütten und Lagerschuppen und der Stahlträgerbrücke haftete nichts Geschäftiges mehr an; all das wirkte wie ein Freilichtmuseum, das einen erinnern wollte an damalige Arbeit. Doch fiel es mir leichter, mir hier die Arbeiter vorzustellen. Arbeit und Arbeiter ließen hier, viel eher als zuvor in den Bauten der Glasfabrik, ein Leben vermuten, das nicht getrennt voneinander war. Man arbeitete nicht, um von dem Lohn das eigentliche Leben erst leben zu können; man arbeitete, weil es das Leben selbst war.

Wir kletterten über die rostenden Schienen, zwischen denen noch die Pfützen standen, dann hoch auf die Brücke. Von dort oben war deutlich zu erkennen, wie der Landschaftscharakter sich änderte vom Schilficht zum Flachmoor.

Es war ein schönes Gehen auf den federnden Moorpfaden, vorbei an den Krüppelbirken, die, als wir anfingen zu laufen, zu tanzen begannen, und aussahen wie gefleckte Elfen.

Das langsame Gehen fiel uns schwer, denn es schien, als fordere der federnde Boden ein Laufen, und dieses Laufen war eine Zeitlang ein Fliegen.

Wir liefen bis ins Quellseegebiet. Dort wechselten Inseln und Sümpfe mit Strudellöchern und Schwingrasen, und es schien uns, als wäre das Ried hier am urtümlichsten, mit den bizarren Fichten und Bergkiefern.

Jetzt, da wir aufgehört hatten zu laufen, raschelte es fortwährend im Pfeifengras, und Lena erschrak des öfteren, weil sie glaubte, es wären Schlangen.

Hatten wir nicht irgendwo gelesen, es gäbe noch Kreuzottern in großer Zahl? Wenn wir aber dem Rascheln nachforschten, so flogen meist Finken und Goldammern empor, um wieder zu den Hecken zurückzufliegen, in denen sie nisteten.

Waren wir bisher fast ausgelassen auf den Moorpfaden gerannt, so gingen wir jetzt langsam, jeden Schritt zelebrierend, jeden Meter untersuchend, durch das Flachmoor, betrachteten die Pflanzen und versuchten uns an die Namen zu erinnern, oder sie zu erraten.

Lena entdeckte Helmkraut und Wolfsfuß; sie kannte sich aus in der Botanik, während ich Mühe hatte mir die Namen zu merken.

Es war jetzt schon Nachmittagslicht, das zwischen den Wolken durchbrach. Um diese Zeit mochte ich die Sonne am liebsten. So wenig der Ablauf des Tages nach den eingeteilten Zeiten verlief, mit einem Male brachte diese Stunde ihre ihr eigene Stimmung mit ins Moor, und plötzlich erinnerte ich mich an frühere Wanderungen, und jeder Gedanke floh zusehends in die Vergangenheit.

Sieh, ohne zu schauen; hör, ohne zu horchen.

Nun schlängelte sich die schilfumsäumte Ach in schwungvollen Mäandern durchs Flachmoor bis zum angrenzenden Riedsee, dem Grundwassersee, der durch Abtorfung entstanden war. Auf ihm schwammen Teich- und Seerosen, und am Ufer blühte Fieberklee und Blutauge.

Lena schlug eine Rast vor. Da wir aber das Mitgebrachte bereits gegessen hatten, überredete ich sie zur Einkehr in das kleine Gasthaus am Rande des Rieds.

Bis dorthin, ich hatte es mir auf dem Wegweiser gemerkt, war es nicht mehr weit.

Es war eine Holzhütte, Ausflugs- und Einkehrziel der Riedwanderer. Doch heute, unterwegs im Moor, waren wir niemandem begegnet, und so wunderte es uns nicht, daß wir hier die einzigen Gäste waren; denn der Alte am Nebentisch, der mit seiner grünen Arbeitsschürze wie ein Gärtner aussah, gehörte sicher zum Hause, da der Wirt, der hinter der Theke stand und Gläser spülte, ihm von Zeit zu Zeit eine Arbeit zuteilte, von der er jedesmal sehr schnell wieder zurückgeeilt kam, als würde er etwas an seinem Tisch versäumen.

Wir hatten unterdessen Tellersulz, Käsebrot, Bier und Wasser bestellt, und als der Wirt uns dieses servierte, brachte er auch ein Bier für den Alten am Nebentisch mit.

Während wir nun aßen, drehte sich der alte Mann immerwieder zu uns her, wünschte einen guten Appetit erst, fragte dann, von woher wir denn kämen, und welche Wege durchs Moor wir schon gegangen wären.

Lena hatte ihm jedesmal geantwortet, und bei jeder Antwort war der Alte immer ein wenig mehr zu uns hergerückt, saß schließlich bei uns am Tisch; allein das Glas hatte er noch auf seinem Tisch stehen lassen.

Ich bin hier aufgewachsen, erzählte er, und kenne das Moor wie kein anderer, weil die anderen entweder tot, oder weggezogen sind. Das Moor hat sich verändert. Nichts ist mehr so, wie es einmal war. Alles haben sie kultiviert.

Er drehte sich beim letzten Wort, an dem er, wie an einem zähen Stück Fleisch, zu kauen hatte, von uns weg. Doch holte er nur sein Bier herüber, winkte uns dann, während er das Bierglas auf dem Tisch absetzte, wie zu einer Verschwörung heran, und flüsterte geheimnisvoll: Wenn der Birkhahn auf dem Hochmoor tanzte, dann dachten die Leute, es wären die lebendig gewordenen Moorgeister. Sie wissen nicht, daß die Moorgeister leise sind. Wie kleine Schatten huschen sie übers Schneidgras. Und schon sind sie wieder verschwunden, kaum daß man sie wahrgenommen hat.

Er schnitt ein Stück von dem Käse ab, den der Wirt ihm inzwischen gebracht hatte, schob es in den Mund, und noch kauend wiederholte er: Das Moor hat sich halt verändert, es hat sich halt so furchtbar verändert. Damals war auch nicht alles in Ordnung. Aber die Natur hat noch gestimmt; das Wetter hat nicht solche Kapriolen geschlagen wie heute. Und im Moor war die Tierwelt noch artenreicher gewesen. Aus der Ach haben wir damals Hechte und Forellen gefischt, und die grünen Teichfrösche konnte man noch nach dem Wetter fragen. Was waren das noch für Zeiten, schwelgte er, als der Brachvogel noch trillernd und flötend seine Balzflüge machte. Da haben wir auf die Arbeit vergessen, weil wir dem Kiebitzruf lauschten. Am Hochmoorrand, wo die Bergkiefern größer und dichter sind, sind Turmfalken gekreist. Und der Baumfalke, der Libellenjäger, den sah man oft im Geäst lauern. In den Krähenhorsten gabs noch die Waldohreule. Im ganzen Moor konnte man die durchziehenden Greifvögel beobachten: Fischadler und Schlangenadler und machmal den Roten Milan. Ja, diese Zeiten kommen nicht mehr. So wie damals, wird es nicht mehr. Da haben tausende Stare auf den großen Schilfflächen ihren Schlafplatz gesucht, weil das Zwischenmoor noch nicht zerstört war. Da hörte man dann auch die Kolkraben miteinander streiten.

Wie am Ende einer Grabrede erhob er das Glas, um der verblichenen Vergangenheit ewige Ruhe im Frieden zu wünschen, und tat einen großen Schluck.

Kaum aber, daß er das Glas wieder abgesetzt hatte, verzog sich sein Mund. Er grinste und sagte: Nur die Moorgeister sind geblieben. Den Kiebitz und den Brachvogel und den Birkhahn kann man vertreiben, nicht aber die Moorgeister. Sie brauchen das Moor, ganz gleich, wie es sich verändert. Es ist trotzdem besser als anderswo.

Der Wirt hatte den Alten dann wieder zu sich gerufen, was uns ärgerte, denn wir fühlten uns um eine Geschichte betrogen. Unwirsch baten wir um die Rechnung. Der Wirt glaubte, als er abkassierte, sich für das Benehmen des Alten entschuldigen zu müssen.

Aber wo war der Alte? Wir hatten nicht gesehen, daß er der Aufforderung des Wirtes gefolgt war. Auch Teller und Bierglas waren weg. Kein Brotkrumen lag rum.

Manchmal kann einem er alte Moorgeist schon auf die Nerven gehen, lächelte der Wirt, schon wieder milder gestimmt.

Mit anderen Augen sahen wir nun, auf dem weiteren Weg durch das Moor, Binsengras und Sonnentau, hörten mit anderen Ohren dem Rascheln der Eidechsen, Schlangen und Vögel, oder was immer sich bewegte im Schneidgras, zu. Nicht mehr die Einzelheiten fielen uns auf, sondern die Harmonie des Ganzen.

Ich war mit einem Male in solch innerem Gleichgewicht, als hätte ich das Wesen der Welt erfahren. Da holte mich Lena aus meiner Illusion: *Ein Mönch fragte den Meister: Welches ist der Weg? Der Meister sagte: Ein Mensch, der offenen Auges in einen Brunnen fällt.*

Da plötzlich, hinter einer der Krüppelbirken, war unsere Katze! Ich erkannte sie deutlich und rief ihren Namen. Sie maunzte. Es gabe keinen Zweifel, es war unsere Katze. Auch Lena hatte sie erkannt und rief nach ihr.

Sie muß uns gefolgt sein, anhänglich wie sie ist, sagte ich. Aber warum nur hatte sie sich dann erst jetzt gezeigt, und nicht schon früher?

Lena rief weiter ihren Namen, ihren Kosenamen dann, und ging auf sie zu. Als sie aber näher kam, war die Katze verschwunden. Wir riefen noch eine Zeitlang nach ihr, und suchten sie, auch abseits der Hecken, aber die Katze blieb verschwunden.

Wenn sie aufs Rufen nicht reagiert, dann ist es doch nicht unsere Katze, sagte ich. Dann sieht sie eben nur haargenau so aus wie die unsere. Im Übrigen ist es auch ausgeschlossen, daß sie uns bis hierher gefolgt ist.

Die Katze hatte mich aus dem Gleichgewicht gebracht; auch Lena war nicht mehr wie vorher. Verstört blickte sie drein. Und ich floh in meinen

Gedanken nach Hause. Mußte an Thekla denken und an den Buchladen. Ich sehnte mich nach der Vertrautheit der dortigen Gewohnheiten, und kam mir vor, als hätte man mich ins Moor gestoßen. Gleich vom Hotel aus wollte ich Thekla anrufen. Und sei es nur, damit sie den Namen des Buchladens sagt.

Ich rief dann aber die Nachbarin, die daheim nach dem rechten schauen wollte, an, weil ich von ihr hören wollte, daß alles in Ordnung ist.

Nichts ist in Ordnung, sagte die Nachbarin, denn das Dorle, ihre Katze, ist heute überfahren worden.

Sie begann auf den Fahrer zu schimpfen, der viel zu schnell durch den Ort gerast wäre, nicht gebremst hätte, als die Katze über die Straße lief. Ja, er ist einfach weitergefahren, als ob nichts passiert wäre. Das Dorle war aber schon tot, als ich es von der Straße geholt habe. Sie hat wohl das Genick gebrochen, denn man hat keine richtige Wunde gesehen. Nur die Augen sind gleich trüb geworden. Am Abend hat der Sohn sie dann im Obstgarten vergraben.

Dann fragte sie, wie es uns gehe und wie das Wetter wäre. Aber ohne meine Antwort abzuwarten, redete sie gleich weiter. Daß es ihr Leid täte wegen der Katze, aber daß sie nichts dafür könne, weil man eine Katze halt nicht dauernd einsperren kann, und nach fünf Jahren hätte die Katze ja wissen müssen, daß die Straße gefährlich ist.

Ich erzählte es Lena. Sie weinte. Dann sagte sie:

Im Moor hat sie uns noch Lebewohl sagen wollen. Sie weinte weiter. Bis zum Abend weinte sie, immer wieder. So oft wir von der Katze sprachen, weinte sie. Da ich nicht weinen konnte, ärgerte mich ihr Weinen allmählich. Und ich forderte sie zum Streit heraus: Deine Lehre sagt doch, daß alles nur Illusion ist.

Lena schaute mich lächelnd an und schluchzte: Der Tod eines geliebten Wesens ist die größte dieser Illusionen.

Ich lag im Bett neben ihr. Ich vermißte ein Buch, in dem ich lesen konnte bis zum Morgengrauen. Die Zen-Geschichten langweilten mich jetzt. Die Erleuchtung war nicht meine Sache. Die mühelose Mühe, ich verstand sie nicht.

Lena warf sich einhundertachtmal auf den Boden. Danach starrte sie die weißgetünchte Wand an. Sie war auf dem besten Weg.

Ich fand zum Glück im Korridor eine Zeitung. Dort las ich von den Beobachtungen eines Imkers, dessen Bienen in den Tagen nach dem Reaktorunfall den Stock nicht mehr verlassen hätten. Es war mehr als nur ein Alarmzeichen für mich, es war die Bestätigung meiner Befürchtungen, berichtete der Imker. Erst als die Messungen einen Rückgang der Radioaktivität ergaben, verließen die Bienen wieder den Stock.

Ich dachte an das Moor und seine Geister. Angesichts der gespenstischen Realität aber konnte die Anwesenheit von Geistern nur beruhigend sein.

18.

In der Nacht fand ich erst keinen Schlaf. Es war schwül im Zimmer. Ich wälzte mich im Bett hin und her, hoffte in allen Lagen, auf dem Rücken liegend, die Hände über dem Kopf verschränkt, und bäuchlings, rechtsliegend und linksliegend, auf ein sanftes Hinüberdämmern.

Mein Nacken schwitzte. Die Haare dort waren naß und fühlten sich klebrig an. Lena lag neben mir. Sie atmete tief und gleichmäßig, und wenn sie eine Zeitlang auf dem Rücken lag, schnarchte sie. Nach einer Weile aber erschrak sie vor ihrem eigenen Geräusch, drehte sich zur Seite und schlief weiter.

Ich dachte an die Katze. Ich dachte daran, daß sie tot war. Und ich fragte mich, warum ich ihren Tod so schnell akzeptiert hatte. Gleich nachdem die Nachbarin es mir gesagt hatte, hatte ich den Tod der Katze schon akzeptiert. Katzen muß man loslassen können. Man hat ohnehin nie das Gefühl, daß sie einem gehören. Sie gehen ein Stück weit mit dir, ein kleines, gemeinsames Stück, dann ist jeder wieder für sich.

Es war unsere dritte Katze. Die erste war an einem Heiligabend verschwunden, die zweite in einer Maiennacht. Damals aber hatte der Tod sich nicht wirklich gezeigt. Die Katze war weg, mehr nicht. Man hat uns gesagt, vielleicht kommt die

Katze wieder. Manchmal bleiben sie ja Tage und Wochen weg, und kommen dann wieder, als ob nichts gewesen wäre. Im Laufe der Zeit kennt und akzeptiert man ihre Gewohnheiten.

Unsere Katzen waren niemals länger als eine Nacht lang weggeblieben. So hatten wir uns damals nur gegenseitig eine Hoffnung vorgegaukelt, an die wir selbst nicht glaubten.

Dann dachte ich an die Katze im Moor. Ich dachte an sie, wie an etwas Verbotenes. Ich wollte an etwas anderes denken, aber die Katze ließ mich nicht los. Sie sah aus wie unsere Katze, und sie bewegte sich so. Ihr gezierter Gang, wenn der Körper sich wie eine Ziehharmonika zusammenzog, und wie sie den Schwanz stellte und die Ohren herunterklappte. Das alles war doch unsere Katze.

Und wo blieb die Katze im Moor? So schnell kann sie doch nicht weggelaufen sein. Gerade hatte sie noch den Kopf an die Baumrinde geschmiegt. So schnell findet sie doch kein Versteck, das sie unsichtbar macht. Nicht von der einen zur anderen Sekunde. Auch nicht im Moor, wo alles anders zu sein scheint, als sonstwo.

Ich dachte daran, wie oft ich in der Literatur schon Katzen begegnet war. Schriftsteller bewunderten Katzen. Katzen erschienen ihnen frei und an nichts gebunden, während die Schreiber in ihren Gedanken gefangen saßen.

Dann dachte ich wieder an unsere Katze, die tot war.

Ob Lena wieder eine Katze wollte? Im Dorf gab es genügend Katzen, und den Bauern war es gleich, ob der ganze Wurf ersäuft wird, oder ob sie eine übriglassen. Manchmal gelang es den Katzen ja, ihre Jungen unbemerkt zur Welt zu bringen. Waren die Jungen erst größer, hatten sie nichts mehr zu befürchten. Dann lebten sie halt mit auf dem Hof, bekamen von der Milch und die Essensreste. Irgendwann verliefen die meisten sich doch ins Neubaugebiet. Dort gab es immer jemand, der sich ihrer annahm. Früher oder später wurden die meisten ja doch überfahren. Die Durchgangsstraße hatte ihre Tücken.

Vielleicht wollte Lena auch keine Katze mehr. Jetzt war das ohnehin nicht zu entscheiden.

Ich legte meine Füße auf die Bettkante. Sie waren heiß und schmerzten. Die Bettkante bohrte sich aber bald ins Fleisch. Da verspürte ich plötzlich eine Lust, auf der Wanderkarte die nächste Wegstrecke abzustecken. Doch als es galt, den Wunsch in die Tat umzusetzen, da war da mit einem Male nur noch Mühe, und nichts blieb mehr übrig von der Lust des Eroberers, der einen neuen Teil der Welt für sich erschließen wollte.

Ich dachte an die Katze und an die Welt. Und als ich mit der Welt nichts mehr anfangen konnte, dachte ich an mich.

Was ist das, mein Leben? Und was ist das, das Ich?

Als Kind habe ich es manchmal gespürt. Mit der

Zeit aber ist mir dieses Ich immer unnahbarer geworden. Ich konnte es nicht mehr greifen und nicht mehr verstehen. Dieses Ich, so schien es, war immer mit allem möglichen beschäftigt.

Ich dachte an die Zeit, und daran, wie schnell sie verging.

Als Kind war ein Tag eine Ewigkeit. Wenn meine Mutter mir sagte, je älter man wird, umso schneller vergeht die Zeit, habe ich ihr das nicht geglaubt. Später habe ich gelernt, wie man die Zeit vertreibt, oder wie man sie totschlägt. Erst wenn sie nicht mehr da ist, beginnt man sie zu vermissen. Die Zeit ist mir davongelaufen, heißt es dann, so wie einem die Frau davonläuft oder die Katze. Dabei hat man sie im Grunde gar nicht haben wollen. Man hat sie ertragen, mehr nicht.

Jetzt würde ich die Zeit gerne festhalten. Das kommt aus dem Gefühl, etwas versäumt zu haben, heraus. Aber dann frage ich mich, ob ich wirklich etwas versäumt habe. Die Zeit soll auf jeden Fall nicht, ohne mich vorher zu fragen, vergehen. Ich will sie wahrnehmen wie den Sekundenzeiger auf einer Stoppuhr. Auch die zehn Sekunden beim Hundertmeterlauf vergehen zu schnell. Durch Geschwindigkeit hält man die Zeit nicht auf.

Ich dachte an das Wandern, und daran, daß ich beim Wandern mit der Zeit am besten klarkomme. Die Tage sind wie früher: erfüllt und endlos. Ist es das langsame Sehen, die Wahrnehmung der Gerüche, das ständige Tasten nach der Erde?

Ich dachte an unsere Wanderung, und daran, daß es vielleicht der falsche Zeitpunkt war. Wenn wir an die Wanderung dachten, hatten wir stets eine Herbstlandschaft vor Augen. Nun war es Mai, und die Umstände waren nicht günstig. Aber irgendwie hatte ich das Gefühl: die Zeit ist auf unserer Seite.

Dann dachte ich an Lena. Ich dachte an sie, wie an etwas Entferntes. Obwohl sie neben mir lag, hatte ich doch nur den Wunsch mit geschlossenen Augen an sie zu denken, als wäre alles Gemeinsame bereits vergangen.

Ich erschrak bei diesem Gefühl, setzte mich auf im Bett und schaute zu ihr hinüber. Sie schlief so fest, daß mein Blick sie nicht störte.

Ich dachte an uns, und an das, was wir erreichen wollten im Leben. Die Vorstellung vom wirklichen Leben aber war anders, als das wirkliche Leben selbst. Und das Ziel? Es verschwamm vor meinen Augen, wenn es näherrückte.

Ich fragte mich, wieweit ich meiner eigentlichen Bestimmung in diesem Leben gefolgt war. Und ob es das überhaupt gab: ein Lebenswerk. Etwas das man hinterlassen konnte, mit gutem Gewissen.

Versuche nicht, in den Fußstapfen der Alten zu wandeln; suche selbst, was sie suchten.

Ich dachte an den Zen-Spruch, und daran, daß Lena auf dem Wege zur Erleuchtung war. Sie hatte ein Ziel, aber ich?

Ich dachte daran, was unsere Generation den folgenden Generationen hinterlassen würde: Ein unordentliches Haus, nach einer wüsten Orgie. Erinnerungsstücke, die die Welt zeigen, wie sie war, mehr nicht. Vielleicht noch die vorweggenommenen Fehler.

Nun war Lena aufgewacht, von meinen Blicken vielleicht oder von meinen Gedanken. Sie setzte sich auf und gab mir ein Koan: *Was ist die Farbe des Windes?*

Dann drehte sie sich zur Seite und schlief, da sie müde war, gemäß ihrer Lehre, gleich ein.

Ich aber lag da, unruhig, auf der Suche nach einer Antwort, die es nicht gab.

Ich dachte an die Bahnfahrt entlang dem Rhein, als die Burgen und Kirchen wie unstet am Fenster des Speisewagens auftauchten und wieder verschwanden, und nur ein Gefühl der Erlebnislosigkeit zurückließen; wie jeder Flug zum anderen Kontinent das Bedürfnis weckt, dort eines Tages als Entdecker aufzutauchen, nach einer langen, unendlich langen, Irrfahrt.

19.

Noch immer war es ein Leichtes zu gehen. Keine Müdigkeit hinderte. Die Beine wurden nicht schwer. Eine Zeitlang hatten wir das Gefühl, als könnten wir eine Ewigkeit so gehen.

Früh waren wir von Wurzach aufgebrochen; verließen die Stadt, als sie noch nicht geschäftig war, in Richtung Arnach. Eine Weile lang gingen wir die Bundesstraße entlang, später einen Feldweg, der zum Leprosenberg führte. Irgendwann aber machten wir kehrt, weil wir uns verlaufen hatten, und folgten, an einer Weggabelung, einem ausgeschilderten Wanderweg in Richtung Wangen.

Das Zimmer hatte mich erdrückt mit all den Gedanken. Es schnürte mich ein, wie ein zu eng geschnallter Gürtel. Bis nichts mehr in meinem Kopf war, außer dem Wunsch auszubrechen. Draußen hatte das Leben wieder Hand und Fuß. Man konnte es anfassen. Es hatte Farben. Und es roch. Drinnen war mir das Leben wie ein Planspiel vorgekommen. Jede Möglichkeit blieb im Kopf gefangen.

Lena war es recht, daß wir so früh aufgebrochen waren. War sie es doch immer, die drängte. Nun war ich ihr voraus gewesen. Überhaupt schien der Morgen alles vergessen machen zu wollen. Er hatte etwas Unbekümmertes. Als wäre er von keiner

Vergangenheit belastet. Er gab vor, er unterliege einer höheren Ordnung.

Als wir aber die groben Steinwege, die ständig bergauf führten, durch den Hubwald gingen, kam das Gefühl der Beklemmung wieder. Mit Atemnot und Nackenschweiß. Und dem Bedürfnis, nie mehr etwas sagen zu müssen.

Ich kämpfte, bis ich mich wieder im Griff hatte. Mich zurechtgestutzt hatte und in Facon gebracht. Bis die renitent gewordenen Ängste wieder unter meine Obhut gerieten. Ich hielt sie am kurzen Zügel.

Lena meinte, in so einer Situation müßte ich schreien.

Aber das wollte ich niemandem zumuten. Auch weil ich nicht an einen Erfolg glaubte. Zu therapeutisch wäre mein Schrei ausgefallen. Aus dem Hirn hätte ich ihn gestoßen, dosiert wie einen Fanfarenstoß. Nie und nimmer hätte der mich befreit.

Draußen, auf den Feldwegen, ging es mir wieder besser. Ich konnte wieder durchatmen. Und die Sonne, die jetzt durchdrang und die letzten Nebelfetzen verscheuchte, tat ein übriges, hob meine Laune ungemein, so daß ich ein altes, deutsches Wanderlied anstimmte.

Ob das Wandern anderswo auch eine Lust gewesen war? Wo sonst gibt es eine Literatur, in der so verbissen lustvoll gewandert wurde, wie in der deutschen. Über die Alb und durch den Harz. Nach

Italien freilich und quer durch Europa. Über die Alpen und durch die Mark Brandenburg.

Da wandelten sie dann, die deutschen Dichter, zwischen Notwendigkeit und Wahn, hatten der Qual die Lust aufgeschwatzt und ihre Triebe gezähmt im weit ausgreifenden Schritt. Ein Lied angestimmt: Es sind nur die Beine, die schmerzen. Das Herz wird getröstet, die Seele geheilt, und die Sehnsucht gestillt, in dem sie verfliegt im wandernden Trott.

Ich dachte an Seume. Ich wünschte mir, in seinem Spaziergang nach Syrakus zu lesen. Ich dachte an den Glockengießergesellen Philipp Jakob Wieland, der vierzehn Stunden jeden Tag mit kaum einer Unterbrechung, gegangen war. Dann dachte ich an Werner Herzogs Fußreise durch Schnee und Eis nach Paris.

Lena riß mich aus meinen Gedanken. Sie hatte Hunger und Durst. Wir waren ohne Proviant heute losgezogen. Der nächste Ort mußte deshalb eine Oase sein. So gingen wir auf Immenrieden zu. Und das Alpenpanorama am Horizont, das plötzlich aufgetaucht war wie eine Erscheinung, verblaßte angesichts dieser Bedürfnisse. Erst als wir unter der Trauerweide bei der Kirche zu trinken und Essen bekamen, ließen wir die Landschaft wieder zu. Mehr noch. Wir eilten den Alpen geradewegs entgegen. Und uns ergriff eine Erhabenheit, wie Bergsteiger auf den Gipfeln sie erleben dürfen.

Plötzlich registrierte ich die Welt, wie sie sich in

den Reisebüros zeigte. Mit all den überschaubaren Abenteuern. Den zurechtgeputzten Raritäten. Den gestellten Vergnügungen. Nicht einmal die Vergänglichkeit konnte mir eine Angst einjagen. So wie die Welt war, war sie in Ordnung.

Wir gingen an der Immenrieder Ach entlang, erblickten gegen Mittag den Stolzensee und das dahinterliegende Kißlegg.

Auf dem See trieben Ruderboote. Am Ufer lagen Menschen. Einige Mutige schwammen ein Stück weit hinaus. Die Sonne brannte jetzt heißer. Das Wandern wurde zur Last.

Lena nahm ihren Rucksack vom Rücken und trug ihn fortan in der Hand. Sie ging so geschwind auf den See zu, als befürchtete sie, jemand könnte ihn wegtragen. Am See aber störte sie ihre eigene Erscheinung.

Ich schlug vor, erst ein Zimmer für die Nacht zu suchen. Lena war einverstanden. Der Ort gefiel ihr, obwohl sie noch nichts von ihm gesehen hatte.

Auf der Hauptstraße kam jetzt viel Verkehr von Wurzach her. Um dem Lärm zu entgehen, flohen wir in den Park. Lena trug ihren Rucksack jetzt auf dem Kopf.

Der Park war schattig. Unter den mächtigen Kastanien und Ulmen sogar richtig dunkel. Die Rasenflächen dagegen erschienen in einem grellen Grün. Auf einem Teich schwammen Enten. Im selben tummelten sich Goldfische am Grund. Die hatten die Größe von Forellen. Der Weg avancierte jetzt, da Platanen Spalier standen, zur Allee. Die Sonne schlug auf die weißgetünchte Fassade des Neuen Schlosses. So blendete uns der Anblick. Zudem war dort die Akademie für Blasmusik untergebracht.

Nichts wie weiter, sagte Lena.

Doch dann stellte sie sich neben eine Gruppe Wanderer, die sich vor einem Schaukasten, in dem eine Karte mit ausgesteckten Wanderzielen hing, versammelt hatte. Alle fuchtelten sie mit ihren Wanderstöcke herum, auf denen silberne Plaketten wie Trophäen blitzten. Es schien, als beratschlagten sie noch, welchen Weg sie sich vornehmen wollten. Ein graumelierter Herr, dessen Wanderstock geradezu mit Plaketten übersät war, schien den überzeugensten Vorschlag gemacht zu haben, denn die anderen gebärdeten sich fortan, als hätten sie ihn zu ihrem Häuptling bestimmt. Sie brachten ihre Stöcke in Stellung und zogen frohen Mutes in eine neue Schlacht, aus der sie, so Gott wollte, mit einer weiteren Wanderstockplakette heimkehrten.

Der Platz vor dem Schaukasten war jedenfalls frei, und wir überflogen die werbenden Gasthäuser und Hotels darin, die sich auf den Slogan *Der Luftkurort Kißlegg bietet Gastlichkeit und Erholung in malerischer Umgebung* geeinigt hatten.

Wie andernorts hießen sie zum *Adler* und *Ochsen* und boten *Gutbürgerliche Küche* bei *Gepflegter Gastlichkeit*.

Unsere Ungeduld lenkte uns ins nächstbeste

Hotel, welches wohl auch das teuerste war. Aber wir machten, als der Portier uns den Preis nannte, unsere Entscheidung nicht mehr rückgängig, sondern ließen uns die Zimmerschlüssel geben. Der Portier musterte uns, war aber freundlich.

Lena räumte die Rucksäcke aus, hängte die Kleider zum Lüften über die Stuhllehnen, wusch noch Socken und Unterwäsche, und zuletzt sich selber. Dann verkleidete sie sich als Tourist.

20.

Lena zog es an den See. Sie trug bereits den Bikini unter ihrem Kleid, und hatte die kleine Tasche mit den Handtüchern gepackt. Jetzt stand sie da und wartete auf mich. Als ich mich nicht rührte, behauptete sie, das Wasser würde sie rufen.

Mich rief es nicht. Ich lag nackt auf dem weißen Bettlaken, das gestärkt wie einst meines Vaters Hemdkragen war, und dachte an den Glockengießergesellen. *Jeder Tritt in dieser Gegend ist bewunderungswürdig, überall zeigt sich dem Auge etwas wunderschönes.* Dann griff ich nach der Zeitschrift auf dem Tisch, ein Service des Hotels. Auf vier Doppelseiten wurde der hundertste Geburtstag des Automobils gefeiert. Danach folgte ein Bericht über den Pianisten Horowitz, der nach 54 Jahren wieder vor deutschem Publikum auftrat.

Lena ließ nicht locker. Draußen in den Gassen staute sich aber die Hitze dermaßen, daß Lena sich in die Kirche locken ließ. Dort war es kühl. Die Barockkirche, dem St. Gallus geweiht, wirkte düster. Lag's allein an den gemalten Wolken? Auch das Bildprogramm der Eucharistie und Kirche gewidmet, hing drohend über uns. Weder die Seitenaltäre mit ihren Reliquien, noch das gotische Chorgestühl konnten Lena zum Bleiben bewegen. Sie wehte nach draußen, wie ein warmer Mistral.

Durchs Gestrüpp im alten Schloßpark schlugen wir uns einen Weg zum See. Dort wußte gleich jemand, es war ein Mann um die zwanzig, kahlgeschoren, wie ein tibetischer Mönch, aber mit Nickelbrille, daß der Stolzensee eigentlich zum Baden besser geeignet wäre als der Zellersee, an welchem wir uns befanden. Lena bedankte sich für die Information und breitete die Handtücher aus.

Ein leichter Wind, der vom See herüberwehte, kühlte ein wenig. Zum ersten Mal in diesem Jahr ließ ich nun Sonne und Wind an meinen Körper, und so daliegend wollte ich nichts denken und nichts sagen, nur die Sonne und den Wind an meinem Körper spüren.

Meine Haut war weiß und unrein, mit kleinen Pickeln und Mitessern übersät. Der Bauch und die Hüften wabbelten bei jeder unachtsamen Bewegung, und die Brust hing kraftlos und schlaff herunter.

Erst in der Badehose nimmt man seinen Körper wieder zur Kenntnis, dachte ich, während ich mich nun aufsetzte und spürte, wie Brust und Bauch sich in dieser Stellung trafen.

Etwas Krafttraining müßte ich machen. Mit Hanteln und Gewichten. Seilhüpfen und Waldläufe absolvieren. Weniger Essen. Kein Bier. Es gab viele, es gab entsetzliche Methoden.

Nach einer Weile stand ich auf. Stehend wirkte mein Körper vielleicht kräftiger. Wenn ich den

Bauch einzog, die Brust schwellte, ein wenig mit den Muskeln spielte, soweit sie sich noch dirigieren ließen.

Der Wind wird es aufrichten und die Sonne, und der Rest wird beim Wandern gestählt werden, dachte ich, während ich mir vornahm, die zwanzig, dreißig Schritte bis zum Ufer, an der Familie mit dem Cockerspaniel vorbei und an den beiden Mädchen, zurückzulegen in dieser Haltung, um den Anschein zu erwecken, hier wäre einer, den das kalte Wasser nicht schreckt. Am See angekommen aber streckte ich lediglich einen großen Zeh ins Wasser. Dann trat ich, ohne hehre Tat im Schlepptau, jedoch mit eingezogenem Bauch, vorgeschobener Brust, in unveränderter Körperhaltung also, den Rückweg an. Vorbei an den Mädchen, vorbei an der Familie mit dem Cockerspaniel, schnurstracks auf das bereitliegende Handtuch zu.

Dort saß der Kahlkopf neben Lena, die in die Rolle der Lauschenden geschlüpft war. Er saß nicht auf meinem Handtuch, das nicht, aber dicht daneben. Und als ich näherkam, rückte er gnädig, mit einem gezwungenen Lächeln, ohne jedoch seinen Erzählfluß zu stoppen, auf die andere Seite.

Daß die Eltern hier noch wohnten, erzählte er, und daß der, der hier geboren wäre, nur in Konstanz studieren könne, so wie er, der aber keinen Kalenderanlaß bräuchte, um nach Hause zu finden.

Ach, Gott, was interessierte es mich! Ich legte mich hin und stellte mich schlafend. Mit all den begleitenden Geräuschen. Den Kahlkopf störte das nicht. Er redete weiter, durch mich hindurch und über mich hinweg, geradeso, als gebe es mich nicht. Und Lena hörte zu. Sie konnte unglaublich gut zuhören. Wenn sie zuhörte, dann konnte der andere nicht anders, als sie mit Suaden überschütten.

Da wußte ich, daß ich, mit all meinen Schlafgeräuschen, gegen dieses Zuhören nichts ausrichten konnte. Also stand ich wieder auf, ging an den See und setzte mich dicht ans Wasser. Dort grübelte ich über Vergangenes, bis all die Gedanken verdunsteten, wie die letzten feuchten Stellen auf der moorigen Wiese.

Wie verseucht sie wohl war? Wieviel Bequerel Cäsium haftete noch an den dunkelgrünen Halmen? Und das Wasser, der See, wie stand es um ihn?

Aber wollte ich wirklich eine Antwort?

Ich döste vor mich hin, wie ein Pferd auf einer abgegrasten Weide. Nein, auf Antworten konnte ich verzichten.

Der Schrei eines Kindes, bei dem es unklar schien, ob es ein Schrei des Entzückens oder einer aus Angst gewesen war, rüttelte mich wach.

Ich stand auf und trottete zurück. Der Kahlkopf saß jetzt auf meinem Handtuch. Er schaute mich herausfordernd an, als hätte er mein Handtuch anektiert.

Als ich ihn wie eine Fliege verscheuchen wollte, stellte er sich vor: Ich bin der Istvan.

Istvan! So hießen die leicht beschränkten Stationsvorsteher in Ungarn.

Seine Mutter ist von dort, erklärte Lena, um Harmonie bemüht. Und es ist interessant, was er erzählt.

Istvan gab das besetzte Handtuch wieder frei, kletterte über Lena hinweg und plazierte sich auf deren anderer Seite. Von dort aus nahm er den gesponnenen Faden wieder auf, drückte die Nickelbrille an die Nasenwurzel, und begann damit, Europa geomantisch zu zerlegen. Im Norden der Kopf, also Geist und Intellekt, und im Süden die Emotion. Das Herz aber ist unser Deutschland. Und weil das so ist, wächst aus dieser Stellung die Verpflichtung zur Neutralität.

Aber Deutschland ist dieser Aufgabe nie gerecht geworden, sagte er, auszugleichen die Gegensätze zwischen den Ländern des Südens und des Nordens. Wir haben diese Aufgabe der kleinen Schweiz überlassen, die damit überfordert ist.

Ich legte mich hin und schaute zum Himmel. Der bewölkte sich zusehends, als der Kahlkopf damit begann, Lena in seine astrologischen Kenntnisse einzuführen, die er in irgend einem vh-Kurs erworben hatte.

Ich dachte an Seume und an seinen Spaziergang nach Syrakus im Jahre 1802. Und ich wurde müde davon, so müde wie er, als er, über die Berge wandernd, endlich Triest erreichte. Mit diesen Gedanken schlief ich ein, und als ich wieder erwachte war der Kahlkopf fort. Ich atmete auf und war erleichtert, denn auch die Wolken hatten sich verzogen. Der Abend würde mild werden, das wußte ich jetzt, mild und wonnig.

Lena saß neben mir und meditierte. Als sie damit fertig war, eröffnete sie mir, daß Istvan im Biergarten beim Alten Schloß einen Tisch für drei Personen für den heutigen Abend bestellen wollte.

Da wußte ich, der Abend würde weder mild noch wonnig werden. Er würde sich in Besserwissereien ergießen, die ein vh-Kurs Teilnehmer über uns schütten würde. Doch meine Empörung blieb stumm.

Sag ein einziges Wort mit geschlossenem Mund!
Lena packte zusammen, wir gingen durch den Park zurück ins Hotel. Ich legte mich aufs Bett und sah Lena zu, wie sie sich für den Abend zurechtmachte. Dann nahm ich das Zen-Büchlein und zog eine Losung: *Ich wandere zu Fuß und reite dabei auf dem Rücken des Ochsen. Wenn ich über die Brücke schreite, siehe, so fließt nicht das Wasser, sondern die Brücke.*

Schon wieder, dachte ich. Und legte das Büchlein beiseite.

Istvan empfing uns wie ein Gastgeber. Er stand auf und rückte für Lena den Stuhl zurecht. Dann rief er den Kellner, als stünde der seit Generationen in seinem Dienst. Die Speisekarte ignorierte er. Für ihn bereite der Koch die Speisen etwas anders, ließ er uns wissen.

Dem wurde also eine Extrawurst gebraten. Das lief ja gut an.

Für Mischkostler ein gutes Lokal, sagte er, allerdings rate ich jedem, jetzt nach Tschernobyl sowieso, sich makrobiotisch zu ernähren. Krankheiten verschwinden, der Hunger in der Dritten Welt ebenso, und der Mensch gelangt zu neuem Bewußtsein. Denn, wie heißt es so schön *Du bist was du ißt.*

Der Kellner stand neben mir und wartete. Ich war mir unschlüssig. Wollte ich ein Schnitzel mit Pommes sein?

Lena wählte den obligatorischen Käse. Ein Fricando glasirt, oder ein Hühnlein in klarer Soße gab es ja doch nicht. Ich schloß mich dem Käsebrot an.

Und jetzt, nach Tschernobyl, was tun wir gegen die bereits aufgenommene Radioaktivität? ereiferte sich Istvan weiter. Nichts! Dabei wäre es so einfach. Die Ernährung umstellen, heißt der Schlüssel, Kushi heißt er, Makrobiotik.

Hatte er darüber auch einen vh-Kurs belegt?

Ich trank mein Bier, das der Kellner zwischenzeitlich gebracht hatte, ex, und bestellte ein zweites.

Tschernobyl! Ich konnte das Wort nicht mehr hören. Nicht aus seinem Munde. Ich wurde ungeduldig, rutschte auf dem Stuhl hin und her wie ein Kind, dem es langweilig geworden war.

Da wurden schon die Käsebrote aufgetragen.

Istvan bekam auch eins, allerdings ohne Zwiebel- und Tomatenstück und ohne Petersiliendekoration. Das war es also, was er mit dem Koch so abgesprochen hatte. Nun lag es vor ihm, bleich und ergeben.

Mir schmeckt diese ganze Makrobiotik nicht, sagte ich, nicht mehr ganz wortgewandt, da das Bier schon Wirkung zeigte.

Er überging meinen Einwand mit einem mitleidigen Lächeln und redete auf Lena ein, die lauschte, als hörte sie einer Nachtigall zu: Nahrungsmittel sind Yin und Yan betont, und die Gesundheit hängt von der richtigen Balance dieser Pole ab. So schafft man auch die richtige Balance im Leben. Für Umsteller empfehle ich eine zehntägige Ernährung mit braunem Reis.

Ich aß mein Käsebrot und trank das Bier. Dann stand ich auf.

Soll sie doch ihr Mantra mit ihm teilen, oder sonstwas.

Ich bin müde, sagte ich. Den Schlüssel lasse ich beim Portier. Die Entschuldigung wurde akzeptiert.

Ich hob grüßend die Hand, winkte in die kleine Runde, und ging.

Im Hotel faltete ich die Bodenseekarte auseinander und las die Namen der Orte, als wären es Orte der Sehnsucht: Langenargen, Nonnenhorn, Meersburg.

Dann legte ich mich ins Bett und starrte an die Decke.

Ich dachte über die Liebe nach: Die Liebe ist ein alter Film, der bei jeder Wiederholung verliert. Man findet immer mehr Szenen, die einen ärgern. Und schließlich fragt man sich: was hat dir an diesem Film nur gefallen.

Ich dachte an Lena, und daran, daß unsere Liebe anders war.

Soll sie ihr Mantra mit dem Kahlkopf teilen. An unserer Liebe würde sich nichts ändern.

Wer die erste Wahrheit versteht,
sollte die letzte Wahrheit verstehen.
Die erste und die letzte,
sind sie nicht dasselbe?

Ich löschte das Licht und schlief ein. Und als ich erwachte, lag Lena neben mir. Ich tastete nach ihrem Gesicht, wollte prüfen, ob sie es wirklich war.

21.

Die Kirchenglocken, die die Pfingstmesse einläuteten, weckten uns. Sie klangen aufdringlich laut, und sie signalisierten die Unruhe, die nun bereits am frühen Morgen auf den Straßen einsetzte. Dumpf drangen die Verkehrsgeräusche von der Hauptstraße herüber, während auf dem Gehweg unterhalb des Hotelzimmers immerwieder eine besonders grelle Frauenstimme laut wurde, die auch aus einiger Entfernung noch etwas Durchdringendes hatte.

Als Lena aufstand und das Fenster zur Straße hin öffnete, weil sie den neuen Tag nicht länger aussperren wollte, wie sie sagte, konnte ich vom Bett aus jeden Schritt und jeden Spazierstock, wenn seine metallene Spitze auf dem Asphalt aufsetzte, verfolgen.

Ich lag da, nicht mehr zum Schlafen gewillt, doch zu träge noch um aufzustehen, und ich beobachtete Lena, ihre mir vertrauten Handgriffe zur Bürste, zur Cremedose; ihre Art, wie sie die Zähne putzte, bevor sie dann in der Duschkabine verschwand, aus der kurze Zeit später Mozarts Königin der Nacht sich meldete.

Dann wieder prahlte einer, der mit Gleichaltrigen genau unter dem geöffneten Fenster stehen mußte, damit, wieviel er gestern getrunken hätte, und wie wenig davon noch in seinem Körper wäre. Die anderen versuchten daraufhin den, der so lauthals geprahlt hatte, noch zu übertrumpfen. Da aber keiner bereit war den anderen zu bewundern, wußten sie eine ganze Zeitlang nichts mehr zu sagen, so daß nun die Duschgeräusche wieder dominierten.

Als Lena dann, sich abtrocknend, aus der Duschkabine kam, drängte sie mich zum Aufstehen. Und während ich noch damit zu tun hatte: Duschen, Rasieren, Zähneputzen, in der rechten Reihenfolge hinter mich zu bringen, war Lena schon einmal in den Speiseraum gegangen, weil sie neugierig auf das Frühstück war. Suppe und gebranntes Mus war früher hier das tägliche Morgenessen einfacher Leute. Und mittags gabs Kraut und Knöpflein. Es sei denn, es war der Hochzeitsmorgen. Dann gab es die Morgensupp, bestehend aus Bier und Würsten.

Auf dem Weg in den Speiseraum dachte ich an Bärenweiler, Wolfegger Ach und Wuchermoos. Ich hatte mir die Namen auf der Karte gemerkt. In meinem Kopf wurden sie zu Fluchtpunkten.

Ich schaute aus dem Fenster, die Leute strömten in die Kirche. Nach dem Frühstück packten wir die Rucksäcke und bezahlten.

Draußen standen wir unentschlossen da, als müßte jemand ein Startzeichen zum Aufbruch geben. Die letzten Kirchgänger huschten in die Kirche, und das Eröffnungslied klang durch das halbgeöffnete Hauptportal zu uns herüber. War das unser Zeichen? Lena erzählte mir eine Zen-Geschichte: *Ein Zen-Meister schrieb am letzten Tag seines Lebens zwanzig Postkarten und bat einen Diener, sie einzuwerfen. Dann verschied er. Auf der Karte stand: Ich verlasse die Welt.*

Ich dachte an Thekla. Wielange hatte ich mich nicht bei ihr gemeldet. Der Buchladen fehlte mir nicht, aber die Bücher.

Mühsam begannen wir den Weg. Meine Waden blockierten, und Lena wurde es schwindlig in der Sonne. So gingen wir zaghaft und unentschlossen, als wäre das Gehen eine Last. Erst als Silberpappeln Spalier standen, fast bis hinunter zur Lorettokapelle, wurde alles leichter. Wir gingen auf einen Weiler zu, der Unterhaid hieß. Dort mußten die Hofhunde überlistet werden. Eine mächtige Linde beeindruckte uns beide. Hinter einem Waldstück, ein steiler Moränenhang. Da fiel mir die Geschichte vom Moorloch bei Kißlegg ein, in das wilde Kerle unwillige Mädchen warfen, die dort ertranken, und als Leichen Tage später im südlich davon gelegenen Obersee wieder auftauchten. Einmal gerieten die Kerle jedoch an die falsche. Die hatte sich zuvor mit Gott abgesprochen; so versank das Mädchen nicht im Moor, dagegen wich der Rand des Moorloches, an dem die Kerle standen, zurück und verschlang sie.

Wir blickten auf das Bärenweiler Spital mit Kaplanei und Kirche und durchwanderten das flache Tal der Wolfegger Ach.

Hinter der Bachmühle versuchten wir eine Abkürzung über die Wiesen. Bald stellte sich aber heraus, daß wir in der falschen Richtung gingen. Der asphaltierte Weg war uns dann wieder willkommen. Nach beiden Seiten aber gab es kein Entkommen mehr. Der Löwenzahn war verblüht. Die Pusteblumen färbten die Wiesen grau. Nur ab und zu stach ein Hahnenfuß durch die kleinen Fallschirme, die jetzt, als Wind aufkam, über die Wiesen gleiteten und an den Wegen zu flauschigen Knäueln sich zusammentaten.

Es tat gut, den Wind zu spüren. An diesem heißen Vormittag war er wie eine Erlösung. Als wollte er sagen: Es bewegt sich ja was. Es steht nichts still. Und natürlich bringe ich Hoffnung. Die beginnt zu keimen, beim leisesten Funken Leben.

Entlang einer Allee aus Buchen und Eschen führte der Weg in einen Wald. Dort nahmen wir jeden Umweg in Kauf. Das Gehen wurde wieder zur Lust. Draußen stach die Sonne, als müßte sie jetzt schon alle Trümpfe ausspielen.

Irgendwo trafen wir auf eine Gruppe Wanderer, die sich verlaufen hatte, und nun versuchte, die Wegzeichen an den Baumstämmen zu entziffern, als wären es Hieroglyphen.

Ansonsten begegneten wir hauptsächlich Radfahrern, die, wenn sie an uns vorbeifuhren, noch fester in die Pedale traten, als wollten sie ihre Überlegenheit demonstrieren. Ein Opel Kadett dagegen überholte uns so vorsichtig, als ob der Fahrer sich der Ordnung der Fußgänger anschließen wollte. Er bewegte sein Fahrzeug auf dem schmalen Weg so behutsam, um ja nirgendwo anzuecken. Er schämte sich geradezu für die Form, in der er anwesend war. Der Wanderweg blieb asphaltiert. Irgendwo ging es nach Saamen und Gaisbühl. Auf der Jungviehweide standen Kälber. Als wir näherkamen, wagten sie sich bis an den Zaun, wichen aber, als Lena sie berühren wollte, sofort wieder zurück. Ich dachte an das Verbot, aber irgendwie hatte das schon seine Dringlichkeit verloren.

Am Wegrand überraschte dann plötzlich ein monumentaler Gedenkstein für den Grafen Zeppelin, der auf dieser Wiese notgelandet war.

Ich stellte mir das vor. Auch die Begeisterung der Bauern, die diesem Ereignis beiwohnen durften; Hals über Kopf ihre Arbeit verließen und zu der Landestelle jagten, um die noch einmal Davongekommenen zu begrüßen.

Vielleicht schauen die Leute hier noch immer nach oben, in der Erwartung, so etwas könnte sich wiederholen. Doch was war da groß zu erwarten. Tiefflieger allenfalls, die über die Häuser hinwegdonnerten. Da blieb keine Zeit für einen Gruß. Und was lautlos hier niedergegangen war und Schaden machte, daran wollte schon keiner mehr denken. Einen Gedenkstein dafür wird's nicht geben. Mir fiel es jetzt schwer nach oben zu blicken und zu glauben, daß da wäre der Himmel.

Dafür schmerzten meine Waden nicht mehr und

Lena hatte sich an die Sonne gewöhnt. Es ging wieder aufwärts. Oder hatten wir uns verlaufen? Plötzlich standen wir vor einer riesigen Baustelle, die mitten in ein Waldstück geschlagen war. Ein Stück Autobahn wurde gebaut.

Lena schmerzte der Anblick der geschändeten Landschaft so, daß sie weinte. Ja, sie weinte wirklich. Ich hätte sie trösten mögen: *Unglück und Glück sind wie ein zusammengedrehtes Seil*. Da aber kehrte sie der Baustelle den Rücken und ging weiter, solange, bis sie eine Böschung hinabrutschte. Ich folgte ihr auf dem Geröll; da standen wir bald an einem Straßenrand.

Eine gedeckte Holzbrücke über die Untere Argen brachte uns wieder auf den richtigen Weg, der führte nach Hilpertshofen, wo ein altes Zollhaus uns auffiel. Später der Kanal des Elektrizitätswerks, der sich in das Flußbett ergießt.

An der Unteren Argen entlang, an der Steilkante des Tales, führte der Weg dann nach Buchen. Ein Kruzifix, das unter drei Lebensbäumen steht, machte bald den Blick auf Ratzenried frei.

Auf Kirche, Schloß und Ruine. Die Argenstraße führt in den Ort. Und später ging's hoch, durchs eiserne Tor zur Ruine, einst Burg der Ritter von Ratzenried. Zum anderen Schloßweiher noch, der nächste Ort hieß Sechshöf.

Lena wollte zum Aussichtspunkt, der oben an einer Eiche lockte. Von dort konnte man sehen: Die Waldburg, den Bodensee, Säntis und Pfänder. Flügel müßte man haben, meinte Lena, und sprang die Wiese hinunter.

Die Hügel heißen hier Drumlin. Eine Schottergrube stellte sich in den Weg. Ein Wäldchen nahm uns gefangen, ließ uns erst wieder in Bimisdorf frei. Die Vorsehung lenkte uns auf den Hauptwanderweg des Schwäbischen Albvereins. Der führte nach Deuchelried. Und die obere Dorfstraße mitten zum Kirchplatz. Dort, in der Pfarrkirche, wartete die Immaculata am Hochaltar, warteten Wandtabernakel und Lilienfries.

Und als die Kirche uns wieder hergab, waren wir fast schon am Ziel. Denn entlang dem Brühlbach, am Rande der Flußaue, tat sich ein Blick auf zum Wangener Frauentor. Da lag es also, dieses Wangen. Und abwärts ging's. Am Ufer der Oberen Argen entlang. Pulverturm und Kopfwäscherbrunnen. Ich hatte wieder Freude an den Wörtern.

Die Fußgängerzone, mit ihren sommerlich gekleideten Passanten, bot ein gediegenes Stadtbild an diesem späten Sonntagnachmittag. Das einzige Chaos schien eine abgestürzte Eistüte zu verursachen, denn das Eis, welches nun auf dem Kopfsteinpflaster dahinfloß, wurde von einem zerrenden Hund, der ein Kind hinter sich herzog, aufgeleckt. Das Kind drohte und schimpfte, konnte sich aber gegen den Hund nicht durchsetzen.

Die Bauten wirkten behäbig. Die Wirtshäuser täuschten barock vor. Küche gab's erst ab 18.00 Uhr. Aber nicht blaugesottene Karpfen, nicht Schnepfen, nicht mal ein blauer Kohl mit halbgeräucherten Säuen, und schon gar keine Welschen Hahnen.

In einer Konditorei kauften wir deshalb Kuchen und Sprudel. Vom Kuchen wurde uns schlecht; der Sprudel machte noch mehr Durst. Ich soff aus dem nächsten Brunnen.

Die Leute in den Straßencafés, vornehmlich die mittleren Alters, sahen so gelangweilt aus, als hätten sie stöhnen mögen, warum denn dieser Nachmittag so unendlich langsam vergehe, während die Jugendlichen die Dämmerung herbeisehnten, als beginne der Tag erst, wenn er dem Ende sich neigt.

Ich weiß nicht warum, aber ich wollte in der Stadt nicht bleiben. Etwas engte mich ein, schnürte mir den Atem ab. Ich dachte an den Glockengießergesellen. Allen Wanderern geschieht das, dachte ich.

Lena war mittlerweile in die Herrengasse, in der traufseitige und giebelständige Häuser sich ablösten, eingebogen; sie wollte zum Liebfrauentor. Drachen und Wasserspeier sahen uns kommen. Und schickten uns wieder zurück.

Willst du wirklich weitergehen? fragte Lena.

Ich muß, sagte ich.

Lena zeigte, daß sie mich verstand. Sie konnte gut unterscheiden in mir.

Thaddäus Troll hatte einmal geschrieben: *Wenn ich Wangen höre, rieche ich Alpenkräuter, Käse, Weihrauch und frisches Brot.*

Er muß Wangen in einem guten Moment erwischt haben.

Der nächste Ort hieß Primisweiler. Die Sonne war eine rote Wand am Horizont geworden, die nun langsam ihr Licht verlor. Bald waren es nur noch Fetzen, die wie Kometenschweife verblaßten.

Lena ging jetzt leichter als ich. Sie hatte keinerlei Beschwerden. Mein Körper dagegen war schwer und eigentlich nicht geeignet für die Fortbewegung auf zwei Beinen. Viel leichter müßte er sein, sagte ich, und über die Erde gleiten.

Lena schaute mich an wie ein Lehrmeister: Warum Engel fliegen können? sagte sie, sie nehmen sich so leicht.

Dann hieß der Ort Matzenweiler. Beide waren wir froh über das Gasthaus. Auch wenn es dort keine Übernachtungsmöglichkeit gab. Der Wirt meinte, ein Hotel gäbe es weit und breit nicht. In so einer Nacht braucht man kein Bett, feixte einer vom Stammtisch herüber, der zugehört hatte.

Wo wollt ihr denn hin? fragte er.

Richtung Bodensee, sagte Lena.

Wenn ihr nach Lustenau geht, findet ihr jede Menge Heustadel.

Lena bedankte sich für den Tip, den er so schulterklopfend gegeben hatte, als wollte er uns zu etwas anstiften.

Draußen brach jetzt die Nacht herein. Vom Wald hatte sie schon Besitz ergriffen, jetzt nahm sie sich die Felder vor; legte sich darauf, wie ein schwarzer

Teppich. Die Dunkelheit schien uns zu jagen. Sie spukte mit Schatten und Geräuschen, und wurde uns unheimlich. Nachts, wenn wir nichts erkennen können, sind wir den Geistwesen gleich. Sie nähern sich uns. Bieten sich an. Unser Nichtverstehen läßt uns kentern.

Da standen sie auf einmal: Heustadel, wie dunkle Gesellen, die sich in der Dunkelheit hervortaten. Auf den erstbesten steuerten wir zu. Das Tor stand offen. Ein Spalt, durch den wir uns drängten. Es raschelte. Lena krampfte sich an mir fest. Eine Katze jagte durch den Spalt ins Freie hinaus. Ich kramte die Taschenlampe hervor und leuchtete. An den Wänden waren Heuballen gestapelt, und in der Mitte lag loses herum. Es roch modrig, und wenn man es anfaßte, dann staubte es. Das Rascheln hörte nicht auf.

Wir begannen uns ein Lager für die Nacht zurechtzumachen; nahmen die Regenmäntel als Unterlage, formten aus Pullovern Kissen und deckten uns mit den Jacken und einer dünnen Wolldecke zu. Der Wind blies durch den Türspalt. Ich stand auf und riß die Tür zu mir her. Ganz schließen ließ sie sich nicht. Dann lagen wir da und lauschten. Die Mäuse hatten zu tun.

Ich dachte an Werner Herzog. Der hatte immer in irgendwelchen Gartenhäusern, die er zuvor aufgebrochen hatte, übernachtet. Durch den Spalt lugte ein Stern. Lena sagte, der Himmel ist mir heute näher. Gegen Morgen fror sie, und schmiegte sich so eng an mich, daß ich nicht wieder einschlafen konnte. Ohne Bücher war alles ein wenig trostlos. Später rettete mich eine Geschichte des Glockengießergesellen die mir eingefallen war dann doch in den Schlaf: *Mein Tornister war mir doch etwas zu schwer, ich machte die alten Sachen zusammen, ließ einen Juden kommen und wollte sie nebst meiner Reisejacke verkaufen. Der Jude bot nicht mehr als 18 Groschen; unwillig so wenig dafür zu erhalten, ließ ich ihn laufen. Traf aber keinen, der mehr gab, und so mußte ich ohne länger zu warten, sie auf den Markt zu den Tandlern tragen, bekam da dann 12 Groschen; dies war ein Schwabenstreich.*

22.

Der Hahnenschrei klang fern. Er erinnerte mich an zu Hause. Ich mochte diese ersten Momente des Tages, wenn der Hahn sich rührte und wenn im Garten die Vögel ihr Konzert begannen.

Lena bekam einen Hustenanfall und war gleich nach draußen geeilt, hatte das Tor offengelassen, durch das nun die Morgensonne einfiel; ein weißes, grelles Licht, das mich aufscheuchte. Schnell war ich draußen, klopfte Lena auf den Rücken, bis sie den eingeschleimten Heustaub erbrach.

Wie Diebe packten wir dann schnell alles zusammen und flohen über die Felder davon. Die nächste Straße führte nach Tettnang. Über den Dörfern hing der Feiertag wie eine Last. Die Glocken waren heute Sirenen. Unheilverkünder waren sie.

Meine linke Hüfte war heiß und schmerzte. Der Schmerz zog bis ins Bein. Ich gab dem Heustadel die Schuld. Wir orientierten uns an der Sonne und verliefen uns. Querfeldein kamen wir an einen Fluß, über den keine Brücke führte. Lena nahm die Gelegenheit wahr und wusch sich. Sie zog sich ganz aus und stieg ins kalte Wasser. Meinem Ischias hätte das nicht gut getan. Er schmerzte schon beim Zuschauen. Ich band mir einen Pullover um die Nieren. Später fanden wir den Weg. Aber es war eine Straße. Eine Horde Radfahrer überholte uns.

Sie strampelten zu einem der kleinen Seen. Ein Wanderweg führte nach Rattenweiler. Aber wir trauten ihm nicht. Wir hatten das Vertrauen zu den wilden Wegen verloren, als wären sie uns heute nicht gut gesinnt.

Nach einigen Kilometern hatten die Ischiasschmerzen aufgehört.

Lena bekam Hunger und sprach von Butterbrezeln. Auf einem Sportplatz am Dorfrand fand ein Fußballspiel statt. Dort gab es sicher auch Essen. Das Eintrittsgeld nahmen wir in Kauf.

Die Spieler standen ziemlich unmotiviert auf dem Platz. Eigentlich lief immer nur der, der gerade den Ball hatte, und ein zweiter, der den ballführenden Spieler stoppen wollte. Der Torhüter kickte aus lauter Langeweile den Torpfosten um. Es war wohl ein Spiel, bei dem es um nichts mehr ging. Den Zuschauern stand die Vorfreude aufs Mittagessen ins Gesicht geschrieben. Den Schlußpfiff wollte dennoch keiner versäumen. Die Angst, in den letzten Minuten noch etwas zu verpassen, war aber völlig unbegründet. Ich kaufte zwei Sprudelflaschen ohne Geschmack und belegte Wecken. Lena klaubte die Wurst herunter und steckte sie mir in den Mund.

Den Wanderwegen trauten wir wieder. Alle führten sie zu irgendwelchen Seen. Die Sonne brannte aber auch, daß man schier an nichts anderes denken konnte.

Die Sprudelflaschen drückten in meinen Rücken,

und ich dachte, daß sie gleich explodieren müßten. Bei der nächsten Gelegenheit hängte Lena ihre Füße in einen Bach. Ich traute mich das immer noch nicht.

Einmal kramte Lena ein Veranstaltungsprospekt hervor. Sie hatte es von zuhause mitgenommen. Über Pfingsten fand auf der Gohrenwiese ein New-Age-Treffen statt. Daheim schon war es für sie ein Anreiz für diese Wanderung gewesen. Jetzt fand sie es schade, daß es schon Montag war.

Sie sagte, der fehlende Tag ist in Wurzach geblieben. Oder beim Sebastian.

Seltsam, die letzten Tage hatten wir nicht mehr über Sebastian geredet. Das fiel mir jetzt auf.

Die Straße schien weit weg. Manchmal hörten wir nur die Vögel. Allein ein Flugzeug über uns machte einmal Lärm. Hinter jedem Hügel wäre eine Überraschung normal.

Vor Heggelbach lief uns eine Katze entgegen. Sie stellte den Schwanz in die Höhe und steuerte auf uns zu. Als Lena sich zu ihr hinunterbeugte, floh sie aber auf einen Baum. An unsere Katze hatte ich nicht mehr gedacht. Das war schon wieder so weit weg.

Lena wechselte ihr Hemd. Ich rieb ihren schweißnassen Rücken mit einem alten Hemd trocken.

Am liebsten hätte sie auf den Rucksack verzichtet. Aber daß ich auch ihren trug, gestattete sie nicht. Ihr ganzes Wesen war beseelt von Gerechtigkeit.

Die Orte hießen jetzt Riedensweiler und Hüttmannsdorf. Aber keiner lud zum Verbleib ein. Der Wunsch anzukommen, machte sich aufdringlich breit. Seiner Dreistigkeit hatten wir nichts entgegenzusetzen. Ein See löste den anderen ab: Muttelsee, Degersee, Schleinsee. An einem von ihnen campierten Pfadfinder. Da dachte ich, Tschernobyl ist nur ein böser Traum. Oder waren die Pfadfinder nicht wirklich? Es fiel mir schwer zu glauben, daß das eine neben dem anderen existieren konnte. Ab Gattnau meldete sich meine Hüfte wieder.

Die Hopfenfelder erschienen wie Vorboten. Ich dachte an Maria Beig, die vor wenigen Wochen in unserem Buchladen aus ihrem neuen Roman vorgelesen hatte. Der Roman hieß *MINDER* und handelte von zwei ungleichen Schwestern. Nach der Lesung saßen wir im Herrenkeller beim Bier zusammen. Sie sagte, der Tettnanger Frühhopfen gibt ein besonders gutes Bier.

Der Bodensee tauchte auf, als wir ihn nicht erwarteten. Er flirrte silbrig.

Mein Vater sprach immer vom Schwäbischen Meer. Seine Schwester wohnte in Konstanz. Auf dem Wochenmarkt verkaufte sie Butter und Käse. Einmal wohnten wir eine Woche bei ihr. Die anderen Jahre über strich mein Vater im Urlaub die Fensterrahmen neu. Das richtige Meer hat er nie gesehen. Außer im Krieg. Aber das war ein anderes Meer.

23.

Es roch nach Spektakel. Selbst die Luft war schwanger davon. Eine eigenartig aufreibende Schwingung lag in ihr. Und sie trug unglaubliche Töne. Sie flirrte und zitterte, als wäre sie in Erregung. Nicht der Wind war es, nicht der See, und nicht die Hitze. Es war eine andere Energie, eine fremde, unbekannte, unheimliche. Und sie machte mir Angst.

Das also ist die Gohrenwiese, sagte ich.

Und ich dachte: Eine Gaukelei, ein Happening, ein Jahrmarkt. Nichts weiter. Nicht mehr. Das also war der Ort, an dem das neue Zeitalter ausgerufen wurde. Nicht mit Pauken, nicht mit Trompeten, dennoch laut, fröhlich und überschwenglich. Fast schien es: Selbstvergessen. Eine Jahrmarktattraktion!

Es war doch ein Jahrmarkt? Standen da nicht Buden und Zelte; waren da nicht bunte Stände aufgestellt und Tische arrangiert worden, die anpriesen und verkauften? Und es roch auch nach Essen. Nicht nach gebratenen Würstchen. Es roch nach Gewürzen, nach Ingwer, Tandor und Curry.

Es roch auch nach Feuer, das irgendwo loderte; das aber am hellichten Tage so schwer sich unterschied von der Sonne, die schon zu den Bergen sich neigte.

Nur einmal durchgehen, und dann nichts wie weg, dachte ich.

Doch Lena hielt meine Hand und zerrte mich weiter. Wohin nur?

Sie sagte, alles wolle sie sehen. Die Pyramiden, die Kristalle und die Pendel. Und an den Duftflaschen wolle sie riechen. Und hören die Musik, Fugen, die dahinplätscherten wie Mantras, Musik, die einen einhüllt mit Geborgenheit.

Doch durch die leicht dahingleitenden Töne drang immerwieder ein Wort, ein Zauberwort wie mir schien, das vom zentral gelegenen Makrobiotikstand herüberdrang.

Miso, hallte es. *Miso*.

Mit Miso waren die Strahlen in den Griff zu bekommen. Und Miso konnte man in zig Variationen schmackhaft zubereiten: Miso als Brotaufstrich, Miso in die Suppe, Miso zum Reis. Miso zum Anreichern und Verfeinern. Alles konnte man über Miso in Erfahrung bringen. Nur sehen, sehen durfte man Miso nicht. Denn Miso war ausverkauft.

Jemand sagte, nirgendwo in der Bundesrepublik gebe es derzeit Miso zu kaufen. Man konnte nur warten, bis neue Lieferungen aus Japan eintreffen würden.

Miso blieb also ein Zauberwort. Geheimnisvoll für mich, weil ich nicht wußte, wie es aussah, wie es roch, nach was es schmeckte. Teerfarben und klebrig wäre es, und es schmeckt nach Maggi. Andere tippten auf geschmacklos bis tranig. Genaues aber schien nur ein blonder Engel zu wissen, der das Produkt vor uns sezierte, und Substanzen, Herkunft und Kulturgeschichte vor uns ausbreitete mit großer Akribie. Lena aber hatte nicht gewartet und war weitergegangen.

Am Stand mit den Steinen fand ich sie wieder. Dort wartete sie, inmitten einer Menschentraube, die, als ich mich ihr näherte, sich auflöste, als wäre eine Vorstellung soeben zuende gegangen.

Opal und Rosenquarz, Achate und Mondstein, Malachit und Türkis, Citrin, Bernstein und Amethyst lagen ausgebreitet auf Samttüchern, lagen gehäuft in gläsernen Schälchen, oder hingen als Amulette an den Seiten.

Gott sitzt im Stein. In allen Kulturen und Zeiten. Der Stein ist dein Freund. Ein Beschützer, ein Glücksbringer und Heilbringer.

Leg den betreffenden Stein auf die Kraftzentren des Körpers, so wird das Gleichgewicht der kosmischen Strahlen wieder hergestellt. Und – du gesundest!

Half das malachitbesetzte Wehekreuz als Gebäramulette, schützte der meerfarbene Türkis vor Hals- und Lungenkrankheiten, und nahm man den Diamant zu Hilfe gegen Epilepsie und Fieber, wie das Tigerauge, das den Körper wärmt, bei asthmatischen Anfällen.

Alle Weisheit lag im Stein verborgen!

Begann nun von neuem, ungeachtet aller materieller Werte, die Schürfarbeit, Gott aus dem Stein zu schälen?

Lena kaufte einen Amethyst, der die bösen Geister vertreibt und die Trunkenheit heilt, dazu vor Schlangenbissen schützt. Mir gab sie den Onyx, der den Steinbock bei Gefahr schützt, eitrige Wunden heilt, und weil er Treue in der Liebe garantiert, und auch den Lapislazuli, den sie mir sogleich um den Hals hängte, damit ich an Schwere verliere und offen werde für die Erkenntnisse der höheren Welten.

Doch genug von den Steinen!

Zu den Blüten hin und den Düften; Heilbringer ebenfalls! Da roch es nach Lavendel und Minze, nach Sandel- und Rosenholz. Nach all den wohlriechenden Essenzen, die ihr Geheimnis verborgen hielten, ihr Geheimnis zu heilen nach uraltem Brauch mit Räucherwerk und ätherischen Ölen.

Wacholderöl gegen Wasserstau, Pfefferminzöl zur Stärkung des Magens, Zitronengras und Neroli bei Erschöpfung. Erotisierende Essenzen, wie Jasmin und Muskatellersalbei, zur Stärkung der sexuellen Ausdruckskraft. Kampfer gegen Pickel und Myrrheöl gegen eitrige Wunden.

Doch auch davon genug und weiter!

Zu den Stimmgabeln, die die Schwingung der Planeten, Erd- und Mondton wiedergeben, die man anlegt an die Chakren und vibrieren läßt, um wieder in Gleichklang zu kommen, um wieder in Harmonie zu sein. Mit sich. Mit dem Universum.

Der Jahreston, das *OM*, die Urschwingung, der immerwährende Ton, in dem das Geheimnis der meditativen Wirkung indischer Tempelmusik liegt.

Doch genug von den Stimmgabeln, genug von der Oktave, genug von den Mond-, Erd- und Planetentönen.

Sollen sie schwingen und vibrieren. Soll das *OM* uns mahnen, wie Kirchenglocken die Gläubigen zur Andacht. Mit mir hat das nichts zu tun, nicht mit mir. Ich fühlte mich dahinschwimmen wie Treibholz.

24.

Wo bin ich gestrandet?

Auf dem Weg nach Ökotopia, wie ein Wegschild zu den alternativen Technologien verriet.

Als ließe sich die Angst mit einem Male abstreifen, wie eine fremde Haut, fühlte ich mich beschwingt und wohlig, und Lena um Nasenlängen voraus. Denn während sie die Kreise eines Mannes einengte, oder er ihre, der sich eben noch uneins mit seinem Pendel war, ob links herum JA oder recht herum JA bedeutete, hatten mich die Blicke einer dunklen Schönheit angezogen. Und als ich mich ihr näherte, drängte sie mich mit den Karten.

Es kostet nichts, sagte sie, ich solle nur fragen.

Da dachte ich an ein Gedicht von Manfred Bosch: *Fragen kostet nichts. Die Antworten sind danach.* Aber ich fragte dennoch, nach dem Sinn dieser Wanderung. Da ließ sie mich mit den Fingerspitzen der linken Hand die aufgefächerten Karten ertasten, und ich zog die *DREI STÄBE*, den *TOWER* und die *KAISERIN*. Ich schaute in die dunkeln Augen der Kartenlegerin und mimte Gespanntheit.

Die Lotosblüten öffnen sich, sagte sie, Körper, Geist und Seele stehen im Einklang. Die Entfaltung ist das Ergebnis inneren Erwachens. Aus diesem Zustand heraus kristallisiert sich eine Integrität, die sich auf keine faulen Kompromisse einläßt. Die eigene Kraft wird wahrgenommen und zugelassen. Das innere Wissen ist stark genug um Zweifel abzuweisen.

Und den TOWER betrachtend, die Heilungskarte, die Karte des erwachenden Bewußtseins, sprach die Dunkle von einem Transformationsprozeß, in dem ich mich befände, einem Reinigungsprozeß, bei dem ich alte, beschränkte Verhaltensmuster über Bord werfen würde. Die Lösung aber, so sagte sie, die Antwort hinauszögernd, um mich in Spannung zu halten, brächte die KAISERIN. Du stehst in einem Prozeß der Entwicklung und Entfaltung deiner Weiblichkeit, sagte sie, und schlug vor, ich solle mir eine Idealfrau visualisieren.

So saß ich da und visualisierte, und unsere Beine kamen sich näher, berührten sich, streiften einander, und unsere Hände kamen sich näher, lagen plötzlich, sanft sich berührend, und doch verstrickt miteinander, und meine Augen begannen die ihren zu streicheln, während sie mich fragte, ob es in meinem Leben eine schöne, starke Frau gebe, von der ich lernen möchte.

In diesem Moment kam Lena vorbei, als dürfe sie ihren Einsatz nicht verpassen, den Pendler im Schlepptau, der ihr folgte wie ein Diener seiner Herrin, mit Abstand, aber doch an ihren Schritten haftend.

Nun aber, da er die Karten erblickte, drängte er sich wie ein Verdurstender an die Quelle allen Wissens, bat um eine Session für eine total wichtige

Frage, bekam aber postwendend den Unmut der schönen Dunklen zu spüren, die die Karten schnell einsammelte, und, ihn zum Teufel wünschend, in ihrem Zelt verschwand; worauf dieser trotzig sein Pendel zückte, es kreisen ließ, und triumphierend ausrief: Es wäre ohnehin nicht der rechte Zeitpunkt für eine Session gewesen. Ganz deutlich und unmißverständlich hätte das Pendel mit *NEIN* geantwortet. Und Lena, vielleicht tröstend, vielleicht erbost, packte ihn an der Hand und zog ihn mit. Zu den Sternendeutern, wie sie sagte.

Die Dunkle aber, die sich schmollend in ihr Zelt verkrochen hatte, fragte mich später, nachdem ich ihr gefolgt war ins Zelt, wo unsere Hände sich berührten und die Beine, die Augen sich streichelten, und der Mund die Haut, die Lippen das Haar, ob denn die Karten meine Frage beantwortet hätten.

Und ich flüsterte ihr ins Ohr, daß die Antwort schon recht gewesen wäre, nur die Frage die falsche, denn nicht die Wanderung, sondern mein Leben ist es, was mir unklar erscheint.

Da lachte sie nur, und ich dachte, ob sie wohl glaubt, was sie sagt, oder nur spielt mit den Wörtern, wie ich in ihrem Haar mit den Lippen und sie mit der Hand auf meiner Haut.

Ein Tantriker bist du, behauptete sie, und schenkte mir eine Verschmelzungsumarmung. Laß es zu, hauchte sie, laß es zu. Laß uns eine Brücke zwischen Körper und Seele schlagen. Ich bin die Tür, und der Liebesakt wird ein Liebesakt mit er gesamten

Existenz sein. Laß dich gehen, aber mit vollem Bewußtsein.

Sie zog mich aus, tantrisch, weil ohne Eile, und schlüpfte selbst aus ihrem gebatikten Kleid, mühelos, wie ein Schmetterling. Habe es nur nicht eilig, flüsterte sie, und setz dir kein Ziel. Sie nahm jetzt eine Feder, die bereitlag, und strich mir damit über Brust und Bauch. Hör zu meinem Atem, er fließt meiner inneren Flöte zu.

Und ich, was soll ich Tantriker tun? fragte ich.

Schick deinen Krieger in das Tal der Lust, laß den Eroberer mein schimmerndes Juwel erobern, komm Zauberstab in meinen Zaubergarten, komm Jadestengel in meine Lotosblüte.

Ich will deinen Zaubergarten aufsuchen und im Tal des Entzückens verweilen, mein Krieger soll ruhen in deiner feuchten Mooshöhle.

Ja, großer Krieger, komm! stöhnte sie.

Schon lag ich auf ihr, und mein Krieger, mein Jadestengel, mein Zauberstab, drang in sie ein.

Ja, komm Eroberer, komm! Aber nicht so, nicht so direkt, mehr von der Seite. Nimm die Scherenstellung ein, bitte die Scherenstellung. Und danach will ich die hockende Shakti sein. Und nicht nur die hockende, auch die obenliegende Shakti, und die stoßende Shakti. Und dann heile meine Yoni!

Ich begann mein Becken zu bewegen, pulsierte, wenn auch langsam, weil tantrisch. Mein Körper war energetisch gut aufgeladen, und nun dazu geschaffen in ihrem Lustgarten zu wandeln.

Verharre im anfänglichen Feuer, bat sie. Verharre, um die Gluthitze des Endes zu vermeiden. Ich spüre, wie eine glühende Energie meinen Beckenbauch durchflutet. Verlier du den Verstand jetzt. Ja, verlier den Verstand und werde kopflos, denn der Kopf spielt keine Rolle mehr.

Ich verharrte.

Kommt es zur Ejakulation, ist die Energie verschleudert, wußte sie. Dann erlischt das Feuer. Du bist deine Energie los, ohne daß du irgend etwas davon hattest.

Ich behielt meine Energie und wir trieben, wie sie sagte, in einem grenzenlosen Raum voller Wärme und Licht.

Die Grenzen zwischen unseren Körpern lösen sich auf und mit ihnen die Unterschiede zwischen Mann und Frau. Wir sind eins, hauchte sie, und eins mit dem Kosmos. Denn wie innen, so außen. Es gibt kein Bedürfnis nach einem Orgasmus. Halte deine sexuelle Erregung, aber kehre dann zur Entspannung zurück.

In Ausnahmefällen wäre ein kleiner Orgasmus erlaubt, behauptete ich.

Nicht jetzt, nicht jetzt, sagte sie, und entspannte ihre Yoni.

Mein Krieger verließ das Tal der Lust, und die Lotosblüte verschloß sich vor dem Jadestengel, der aus ihr geglitten war. Zaubergarten und Stab lagen nebeneinander, verbunden allein mit dem Kosmos.

Zum Abschied schenkte sie mir eine Verschmelzungsumarmung, und ich ließ meinen Onyx zurück.

Bald darauf traf ich Lena. Sie war allein und wütend, fand aber gleich in ihre Allweisheit zurück: *Der Meister erscheint, wenn der Schüler bereit ist.* Als ich ihr aber sagte, daß ich den Onyx zur rechten Zeit weitergeschenkt hätte, lachte sie. Dann schlug ich ihr vor zu fliehen. Denn selbst die Figuren flohen aus den Holografien, und die Sonne ertrank langsam im See. Nur die Feuer gewannen an Kontur.

Ich saß mit Lena am Ufer. Abseits des Spektakels, saßen wir da, wie zwei sanfte Verschwörer.

25.

Am selben Abend waren wir noch zu dem Cousto-Vortrag über die *Kosmische Oktave* gegangen. Cousto war ein dunkler Typ, der in einer schwarzen, enganliegenden Lederhose steckte. Aus seinem schwarzen T-Shirt sprang ein Tiger, der wollte mich fressen.

Ich floh über den Platz, da stellte sich mir folgendes Gedicht in den Weg:

Wir nehmen Abschied von den Fischen
und dem Christentum.
Lange genug hat es gewütet und eine blutige
Spur hinterlassen.
Die Erde ist zu einem hochexplosivem
Müllplatz geworden.
Doch aus dem Unrat stecken die Warner
die Köpfe.
Und warnen vor der neuen Zeit und vor
falschen Propheten.
Sie kratzen die alten Weiber und
Mümmelgreise, als letztes Aufgebot,
zusammen.
Als wäre die Kirche die letzte Bastion
der alten Welt, die es zu verteidigen gilt.
Doch kein Tag gilt mehr ihnen, keine Stunde.
Erschlagt die Fische, die faulen.
Laßt zu den Wassermann!

Danach wehte eine kühle Brise vom See herüber. Und ich dachte, wie man die Welt mit Pendel und Klangschalen wohl retten könnte. Und wie, mit so schlechter Literatur! Das geht nicht, antwortet ich, und floh in die Politik. Man muß die Mächtigen entmächtigen, wie das schon war, in den alten Zeiten der Auflehnung. Der Mob hat kein eigenes Gewissen, widersprach ich. Bald blüht nur kollektiv die blinde Wut. Da widersprach ich dem Widersprecher: Nur Seiltänzer können die Welt noch retten. Auf dem Seil halten nur sie die Balance.

Auch Lena hatte mittlerweile die Flucht ergriffen vor dem Tiger, der aus dem T-Shirt von Cousto gesprungen war, und war zu mir geflohen. Wir gingen gegen die Brise an, denn dort war der See, und wir in Sicherheit. Denn Tiger fürchten sich vor dem Wasser.

26.

Die Weisheit ist wie ein klarer, kühler Teich – man kann von jeder Seite hineingelangen, sagte Lena.

Ich antwortete ihr: *Die Weisheit ist wie ein großes Feuer – man kann von keiner Seite hineingelangen.*

Ich hatte dazugelernt.

Wir saßen am See. Es war jetzt dunkel und ruhig, und die Lichter aus den umliegenden Seeorten tanzten am Ufer wie Irrlichter.

Ich wäre jetzt gerne am anderen Ufer des Sees, sagte ich. Aber eigentlich will man ja immer gerade dort sein, wo man nicht ist. Wie das Glück immer dort ist, wo man nicht ist.

Von den Stimmgabeln hatte ich genug: Erd- Mond- und Planetentöne wollte ich nicht mehr hören. Dem Spektakel, das nun am lodernen Feuer, an welchem rituell getanzt und gesungen wurde, zum Crescendo strebte, wollte ich entfliehen, während Lena sich noch in den melancholischen Weisen einer New-Age-Group wiegte.

Und noch ein Feuer, abseits schon, versperrt von den Schwarzerlen am Bach. Dort trat der Mond durch die Spitzen der Bäume.

Laß uns auch dahin, bat Lena.

Und wir gingen, vorbei an dem Platz mit den Verkaufsständen, die nun wieder abgebaut und mit den übriggebliebenen Waren in kleine Lieferwagen verladen wurden.

Hin zu dem zweiten Feuer, nichts wie hin!

Um dann andächtig mit Frauen und Männern davor zu sitzen um die Kraft der Natur zu loben und zu preisen?

Es waren viel mehr Frauen als Männer, die um das Feuer saßen. Ein Mann darunter war grauhaarig und zerbrechlich. Ich mußte an Sebastian denken. Nicht weit von ihm saß der Pendler, der, als er Lena erblickte, einen Platz neben dem seinen schuf und sie herwinkte. Der Platz reichte für uns beide. Wir setzten uns und starrten dann ebenfalls ins Feuer. Das Pendel gab irgend eine Antwort.

Da trat eine Frau mittleren Alters, dunkel, mit sehr kurzen Haaren und einer auffallenden Zahnlücke, aus dem Kreis und forderte Aufmerksamkeit. Jedes Ritual beginnt mit der Schaffung eines heiligen Bezirks, mit der Bildung des Magischen Kreises. Dadurch entsteht ein Tempel inmitten dieser Wiese.

Nun forderte sie alle auf, an der Meditation teilzunehmen, die sie *Baum des Lebens* nannte.

Stellt euch nun vor, eure Wirbelsäule ist der Stamm eines Baumes. Tief senken sich die Wurzeln bis in die Mitte der Mutter Erde hinein. Und ihr könnt die Kraft aus der Erde ziehen, mit jedem Atemzug. Ihr spürt, wie die Säfte durch den Stamm des Baumes emporsteigen, wie die Kraft in eurer Wirbelsäule emporsteigt. Und ihr fühlt, wie ihr selbst lebendiger werdet mit jedem Atemzug. Von eurem Scheitel ranken sich Zweige zur Erde nieder.

Und ihr spürt, wie sich all unsere Zweige miteinander verweben. Ihr spürt, wie der Magische Kreislauf sich schließt.

Ich hörte ihr zu, ohne zuzuhören. In Lenas Gesicht aber wirkte der Zauber: sie verwurzelte sich und flog davon.

Der Kreis aber schloß sich, und der Mond stolzierte auf den Spitzen der Bäume herum.

Lena zog mich ins feuchte Gras. Und lachte.

Sei vorsichtig mit deinen Wünschen, sagte sie, denk dran: sie könnten in Erfüllung gehen.

Dann zog sie mit dem Pendler ab, in das große Zelt, in dem man übernachten konnte.

Es wurde mir kalt, von der einen Sekunde zur anderen. Da stand ich auf und suchte die Dunkle. Ich fand sie in ihrem Zelt. Dort brannte ein drittes Feuer.

27.

Unsere Hügel sind harmlos. Der See ist ein Freund. Der Himmel glänzt vor Gunst. Wir sind in tausend Jahren keinmal kühn. Unsre sanften Wege führen überall hin.

Ich dachte an Martin Walser. Sein *Heimatlob* klang mir im Ohr. Wir waren unterwegs nach Langenargen. Der Weg führte weg vom See. Und dann geradewegs auf ihn zu. Lena trottete neben mir her, als wäre ihr meine Anwesenheit eine Zumutung. Ihre Frostigkeit hatte aber etwas Aufgesetztes. Vielleicht hatte sie auch nur schlecht geschlafen, oder sie war mürrisch, weil sie ihre Niederwerfungen nicht ungestört machen konnte, geschweige denn vor einer weißen Wand ihre Meditation. Sie ging neben mir her, sagte nichts, und wollte nichts wissen.

Der See war grau. Über ihm hing ein Dunstschleier. Vom Säntis war nichts zu sehen. Der Pfänder ließ sich nur ahnen.

Am Kiosk kaufte ich eine Zeitung. Auf der Titelseite war ein Polizist abgebildet, der trotz seines Schutzhelmes über die Stirn hinweg blutete. In Wackersdorf war es über die Pfingstfeiertage bei Demonstrationen gegen die geplante Wiederaufbereitungsanlage zu schweren Auseinandersetzungen gekommen. Es hieß, mehr als 300 Menschen, darunter 157 Polizisten, wären verletzt worden.

Ich schlug Lena vor, mit dem Schiff bis Friedrichshafen zu fahren. Auch Seume war von Neapel bis Palermo per Schiff gereist. Lena war einverstanden, ja, sie freute sich richtig.

Unser Schiff hieß *Allgäu*, und hatte bereits angelegt.

Auf dem Verdeck des Schiffes tauchte Lena wieder in ihr Schweigen; sie schaute den kleinen Goschenwellen zu, die an Land eilten. Erst als das Schiff vom Hafen wegdrehte, das maurische Schloß immer kleiner wurde, wurden ihre Gedanken laut. Sie redete vom *Verwurzeltwerden* und vom *Sich-Miteinander-Verzweigen*. Von derlei Dingen aber hatte ich genug. An Sebastian mußte ich dennoch denken. Obwohl mein Blick schon wieder an dem Titelfoto der Zeitung hing. Oder gerade deshalb? Ich dachte an unser Gespräch. Ich hatte von der Macht und den Mächtigen gesprochen. Mein Gott, und wie pathetisch. So pathetisch, daß es möglichst weit weg von mir war. Er aber hatte mir gehörig contra gegeben: Macht in einem Hexenkonvent wäre niemals Macht über andere, hatte Sebastian behauptet. Und Gerechtigkeit ein innerer Sinn dafür, daß jede Handlung Folgen nach sich zieht, die man verantworten muß. Was du gibst, erhältst du dreifach wieder.

Ich hatte mich erbost gezeigt, ihm geantwortet, daß die Erbauer und Befürworter nun mit dreifacher Verseuchung und dreifacher Verdammnis zu rechnen hätten.

Es geht um Erkenntnis, nicht um Strafe, hatte er daraufhin gesagt, die kosmischen Gesetze erkennen, und lernen sie zu begreifen. Was nützt es für den Frieden zu demonstrieren, wenn du Krieg gegen dich selbst führst. Die Politik ist ein Spiel der Mächtigen mit den Wehrlosen. Was also willst du auf diesem Terrain? Wirkung erzielst du nur, wenn deine Außenwelt und deine Innenwelt zusammenfließen. Denk dran, dein *Sein* bewirkt mehr als dein *Tun*. Und dann hatte er getönt: Die Politik ist Gift für das menschliche Bewußtsein, deshalb muß man die Stacheln entfernen, die dieses Gift in gefährlichen Mengen verstreut. Und was sind die Stacheln? Die Funktionen und Ämter, die sich so wichtig dünkeln, und die man pflegt wie anfällige Kinder. Dabei sind sie kaum tot zu kriegen, so robust wie sie sind.

Das Leben muß geändert werden, forderte er. Doch das klang bei ihm, als wollte er sagen, die Hose muß gekürzt oder die Socken müssen gestopft werden.

Uns gegenüber hatten sich ein junges Mädchen und ein alter Mann gesetzt. Das Mädchen hatte den alten Mann an der Hand geführt. Oder war es umgekehrt? Ich dachte an den *Tod und das Mädchen*, ohne daß die Musik wirklich laut in mir wurde. Aber eben auch an Sebastian, obwohl er überhaupt keine Ähnlichkeit mit dem alten Mann hatte.

Das Mädchen, wahrscheinlich die Enkelin, war

unentwegt bemüht den alten Mann zurückzuhalten, wenn er den in Reichweite kommenden Seglern, allzu stürmisch zuwinken wollte.

Das menschliche Bewußtsein ist, gemessen an den technologischen Möglichkeiten, entsetzlich klein, hatte Sebastian behauptet, und diese Diskrepanz wird uns zum Verhängnis. Auch die Wissenschaftler sind Seiltänzer, nur sehen sie den Abgrund nicht.

Da kreuzte uns ein Ausflugsschiff der *Weißen Flotte,* und den alten Mann hielt es nicht mehr auf seinem Sitz.

Ich war glücklich, wie wunderbar alltäglich das Leben sein konnte.

Lena schaute aufs Wasser, als handele es sich dabei um eine Zen-Übung. Später fütterte sie die Möwen, die dafür Kunstflüge machten.

Und er See? Der tat, als wäre er das große Meer. Von Grenzen wollte er nichts wissen. *Wenn man Erwartungen in ihn setzt, ist man enttäuscht. Der See ist nicht etwas, er ist alles irgendwann.* Der Sätze klangen wie eine Gebrauchsanleitung. Aber der, der sie geschrieben hatte, kannte ihn besser.

Auf hoher See blies der Wind jetzt so kalt ins Gesicht, daß man hätte meinen können, er steche zu.

Ich nahm mir vor, in Friedrichshafen Thekla anzurufen.

Das Mädchen nahm den alten Mann an der Hand und führte ihn ins Innendeck. Dort bestellte sie beim Ober ein Getränk für ihn.

Wir trotzten dem Fahrtwind noch immer. Ich suchte für Lena ein anderes Wort für Glück. Doch der Wind war ein Worträuber. Und ich wußte, daß ich nicht fähig war fürs große Glück, aus Angst, das große Unglück käme hinterher. Ich bewunderte jeden, der kompromißlos lebte. Wie häufig dagegen fuhr ich zur Arbeit, in dem Gefühl, dort zu warten, bis das wirkliche Leben begann.

28.

Das Schiff legte an. Die meisten Passagiere drängten zum Ausgang. Die anderen rüsteten sich zur Weiterfahrt und versuchten einen vielleicht noch besseren Platz zu ergattern.

Lena blieb sitzen, tat, als ob sie weiterreisen wollte.

Die Alubrücke, auf der in Kursivschrift *Gangway* stand, wurde zum Anlegeplatz geschoben. Kurz darauf stoben die Passagiere über die schmale Brücke an Land, daß es aussah, als purzelten sie vom Schiff ans Ufer.

Lena schaute der Fähre nach, die nach Romanshorn unterwegs war. So nah schien das Schweizer Ufer jetzt, daß es dem See, mit seinen Booten und Schiffen, etwas Spielzeughaftes gab, und die Landschaften am Ufer wie Landschaften einer Modelleisenbahn wirkten. Nichts war mehr da von der Weite, die der Nebel uns vorgegaukelt hatte.

Als wir zur *Gangway* kamen, stießen auch die Radler, die zuvor ihre Räder aus dem Gepäckraum hatten holen müssen, zu uns. Und das Mädchen, das mit dem alten Mann uns gegenübergesessen hatte, führte den alten Mann jetzt vorsichtig über die Brücke.

Die Blicke derer, die nun am Ufer standen und

aufs Schiff wollten, blitzten vor Ungeduld, sichteten Wunschplätze; und während die letzten Aussteiger noch die *Gangway* besetzt hielten, begann unter den Einsteigern schon der Kampf um die Pole Position.

Jetzt sofort müsse die Schiffahrt beginnen, die Aussteiger möge man von der Brücke fegen, man selbst hinauf aufs Deck stürmen. Und Volldampf voraus!

Das Mädchen brachte den alten Mann zum Taxistand. Sie wechselte mit dem Fahrer ein paar Worte. Dann half sie dem alten Mann auf den Rücksitz. Als das Taxi losfuhr, winkte sie. Der alte Mann aber, der solch eine Lust am Winken gezeigt hatte, schaute nur teilnahmslos durchs Seitenfenster. Dann plötzlich hob er die Hand, aber die Bewegung war so abrupt, als wollte er das Mädchen von sich abschneiden. Das Taxi bog in die Straße ein. Da winkte das Mädchen ins Leere.

Draußen war mein erster Gedanke, ich muß Thekla anrufen. Jetzt. Sofort. An der Uferpromenade waren Telefonzellen. Die erste war frei. In meinem Geldbeutel fand ich drei Markstücke. Ich wählte. Es dauerte, bis Thekla sich meldete.

Gleich die Bank müßte ich anrufen, forderte sie, ohne mich zu fragen, wo wir sind und wie es uns geht.

Der Kröner hat schon zweimal angerufen, sagte sie hektisch. Also ruf ihn an oder nicht. Ich muß jetzt wieder vor an die Kasse, da warten Leute.

Halt, warte noch! rief ich. Aber Thekla hatte aufgelegt, und ließ mich dem aufgeregten Besetztton, und dem Druck, der auf ihr lasten mußte, allein.

Gott, ja, die Bank, die hatte auch ihre Probleme. Und Herr Kröner, mein Kreditsachbearbeiter, besonders. Wenn mein Konto über den vereinbarten Pegelstand schwappte, dann tat er, als stünde ihm das Wasser bis zum Halse. Und rief an.

Vermutlich war Thekla zu schnell den Zahlungsaufforderungen der Verlage nachgekommen, und hatte die Schonfristen nicht in ihrer ganzen Breite genutzt. Schließlich war ich der Jongleur, der sieben überfällige Rechnungen in der Luft halten konnte, ohne daß eine davon in den Sumpf der Gerichtsbarkeit fiel.

Ich steckte das zweite Markstück in den Schlitz und wählte die Nummer der Bank, die Durchwahl, die in meinem Kopf gespeichert war, wie ein traumatisches Erlebnis.

Als ich das Freizeichen hörte, legte ich auf und ging.

Lena wartete im Park. Ich sagte ihr, daß ich die Bank anrufen müsse. Sie bemitleidete mich deswegen. Die Bankanrufe aber waren mein Resort. Ich sagte ihr, daß ich schon durchgewählt, mich dann aber nicht getraut hätte.

Da packte sie ihren Rucksack und hievte ihn auf den Rücken. Ich saß noch unentschlossen da. *Soll ich pflücken, soll ich nicht pflücken, dieses kleine Blümelein.* Ich wußte nicht, was ich tun sollte.

Lena setzte ihren Rucksack wieder ab, kramte ihr Zen-Büchlein hervor und las: *Ein Mönch fragte den Meister: „Ich bin neu hier, gib mir einen Rat." Der Meister fragte: „Hast du deinen Reis gegessen?" Der Mönch sagte: „Ja, ich habe ihn gegessen." Der Meister sagte: „Dann geh und wasch deine Schale."*

Ich stand auf und ging zur Telefonzelle zurück. Wählte die Nummer und wartete. Als ich das Besetztzeichen hörte, legte ich erleichtert den Hörer auf. Und ging.

Lena nahm ihren Rucksack wieder auf den Rücken. Ich folgte ihr. Laß die Bank aber hier und trag sie nicht bis nach Meersburg, sagte sie.

Von wegen, antwortete ich ihr, und spielte die Leichtigkeit, die neben ihr herhüpfte.

Aber noch an der Uferpromenade hatte Herr Kröner mich eingeholt. War er mir also doch gefolgt. Mit einer Leichenbittermine, die nichts gutes verhieß. Ich muß doch dafür geradestehen, jammerte er, und gab sich beleidigt. Nur unter der Voraussetzung, daß die Kreditlinie auf keinen Fall überschritten werden darf, haben wir dem Kreditvertrag zugestimmt.

Ich ging schneller, wollte ihn abschütteln. Sein Geseire war unerträglich. Und dann dieses: Wir wollen doch keinen Scheck zurückgehen lassen. Dieses *Wir*. Als wäre er, der mir verbundene Arzt, mit dem ich gemeinsam den Virus, der mein Konto befallen hatte, bekämpfen wollte. Und er redete mir ins Gewissen: Er müsse es doch vor seinem Chef verantworten, wenn er von Konsequenzen absehen würde.

Die Tageslosungen sind wieder schwächer geworden, und die Zahlung der Bibliothek stehe noch aus. Entschuldigungen hatte ich parat. Eine ganze Menge davon. Aber abschütteln ließ er sich nicht. Die Steuern, flehte ich, die Steuern!

Die Kreditlinie darf unter gar keinen Umständen überschritten werden, schnatterte er.

Denken sie an meine Außenstände, sagte ich, hoffend, ihn beruhigen zu können. Das sind Sicherheiten. Und nächste Woche kann alles schon wieder, weil bezahlt, im grünen Bereich sein.

Aber sie wandern hier in der Gegend herum, während ihr Konto verrückt spielt! Sie Bruder Leichtsinn, Sie!

Da reichte es mir, und ich packte ihn unsanft am Kragen. Warf ihn hoch in die Luft und ins Wasser.

Tiefe Schwimmer, hohe Klimmer, sterben auf den Betten nimmer.

Ich warf ihm den Fluch hinterher. Lachend, triumphierend. Soll er doch untergehen, wie die verurteilten Hexen, an den Füßen mit den Gewichten meiner Schulden beschwert. Und rief ihm die Lösung zu seiner Errettung hinterher: *Ist der Leichtsinn doch der Schwimmgürtel im Strom des Lebens.*

An der Marienkirche vorbei, dann wieder zum See, ein Schattenweg, den die Bäume uns schenkten. Er wurde schmal und schmäler, weil von der

Seeseite her uns die Sträucher bedrängten, so daß ich hinter Lena hergehen mußte. Und die Äste hingen zuweilen müde herab auf die Sträucher; gemeinsam versperrten sie uns so den Blick auf den See.

Ich dachte daran, wie ich nach dem Reaktorunfall schnell alle Sorgen verdrängt hatte. Das Private hintenanstellte. Meine ganze Sorge wurde von der Menschheit aufgebraucht. Jetzt wurde ich unsicher, welches nun die wirklichen, und welches die eingebildeten Sorgen waren. Oder ob ich die Angst um die Menschheit lediglich dazu benutzt hatte, um von den nichtöffentlichen Ängsten, meinen privaten also, abzulenken.

Eigentlich tat es ja gut, schuldlos Sorge zu tragen. Etwas Heroisches lag in diesem Empfinden. Nun aber schien es, als hätte der Alltag wieder seine zehrenden Allerweltsängste losgeschickt, die man mit der Welt nicht teilen konnte.

Der Weg bog plötzlich ab von den schattenspendenden Bäumen und führte uns weg vom See. Unbarmherzig zeigte ein Wegweiser hoch in die Stadt. Dort, entlang der vielbefahrenen Meersburger Straße hatte man den Wanderweg gelegt. Legen müssen, hieß es, weil da unten alles Privatbesitz wäre, die ganzen Ufergrundstücke. Hoch bis zur Meersburger Straße reichten die. Und ein paar Kilometer weiter, Richtung Meersburg, werden die Privatvillen abgelöst vom weitreichenden Werksgelände der Dorniers.

Lena fragte mich, ob wir Maria Beig, die in Friedrichshafen wohnte, besuchen sollten. Aber ich sah keinen Grund. Ihren Satz: *Heimat kann auch weh tun,* aber nahm ich mit ins Gepäck.

Lena störte der Verkehrslärm und der Gestank. Dazu war sie ständig bemüht, daß ihr Tuch auf dem Kopf liegenblieb, das sie schützen sollte vor der Mittagshitze. Ich hatte mir aus Zweigen einen Hut gebastelt. Für einen Buchhändler ist das so schwer, wie für ein Fahrrad das zum Mond will. Das Ergebnis war entsprechend, konnte es aber mit der Sonne aufnehmen. Hatte Seume einen Hut auf, bei seinem Spaziergang nach Syrakus?

Ich empfand den Lärm der Straße und die staubige Hitze, als einen Weg heraus aus der Idylle. Ja, die Straße war mir plötzlich eine Herausforderung. Den Autos trotzen und der Asphalthitze. Unterwegs sein, und sich dem Leben stellen, so wie es gerade sich zeigte. Und ich wünschte, die vorbeifahrenden Autofahrer, die wie aus Käfigen uns anschauten, würden meinen: Da gehen zwei Abenteurer.

Lena wollte noch eine Zeitlang das Opfer bleiben. Dann besann sie sich auf ihre Erleuchtung, die ihr schließlich überall widerfahren konnte.

Hinter Fischbach hatte ich das Abenteuer satt und ich wünschte mich an den See zurück. Doch die Wege dahin waren Sackgassen. Lena sagte, die Autos zerschmettern meinen Kopf. Ich tröstete sie mit Helmsdorf. Dort führte der Weg zurück ans Wasser.

Der Fischgeruch lief uns entgegen. Kein Gedanke hielt sich lange. Nur Lena suchte das *torlose Tor*.

Immenstaad zeigte sich mit Giebeln und Erkern. Der Weg bis zum Schwörerhaus zog sich. *Ich hatte noch vierzehn Stunden nach Laibach, ich zottelte langsam fort, es war sehr warm.* Den Glockengießergesellen bewunderte ich. Wir suchten ein Gasthaus am See auf. Unsere Wünsche paßten in Gläser und Schüsseln. Nach solch einem Weg gelten andere Dimensionen.

Wie wir so dasaßen, veränderte sich aber der Himmel, so schnell wohl wie damals über Golgatha. Dunkle Wolken zogen auf, bedrohlich, wie ein Strafzug des Truchsess. Die Wirtin ahnte Schlimmes und brachte die Sonnenschirme in Sicherheit. Ein heftiger Sturm bewegte das Wasser, und mit dem Himmel wurde auch der See dunkel. Ein Dunkelblau war das jetzt, schon ins Schwarze übergehend, unterbrochen nur vom weiß der Gischt.

Der Sturm scheuchte uns auf. Noch heftiger war er geworden. So daß die Surfer Waghalsigkeit demonstrieren mußten. Auch uns war der Sturm eine Lust. So nahe am Wasser. Da räumte er in uns auf.

Über den Weinhängen thronte das Schloß Kirchberg.

Später trafen wir auf Badende: Seht her, die Brecher rollen an Land! Und wir stellen uns ihnen entgegen! So tollkühn präsentierten sie sich. Auch wir stiegen bis zu den Waden ins Wasser. Danach fühlten die Füße sich an, als hätte man die Kilometer aus ihnen herausgewaschen.

Die Silhoutte von Hagnau flog uns entgegen. Der Sturm trieb es immer bunter. Schon blinkten nervös die Sturmsignale auf. Die Passagierschiffe konnten an den weit im See gelegenen Anlegestellen nicht mehr anlegen. Die Surfer schlugen Purzelbäume. Die Segler holten die Segel ein. Die Möwen schrien aufgekratzt. Die Camper zurrten die Zeltschnüre fester, und schlichen um Zelt oder Wohnwagen, prüften, ob denn ihre Behausung dem Sturme standhalten konnte.

In Hagnau hätte man bleiben mögen. Die klösterlichen Amtshäuser luden dazu ein. Der *Salmansweiler Hof* war aus dem Jahre 1568. Hans Sachs und seine Schwänke, das war die deutsche Literatur, damals.

Doch unstet wie der Wind waren auch wir. Die Sturmwarnung blinkte noch, doch der See sah schon wieder friedlich aus. Der Sturm hatte sich nach und nach zurückgenommen, und die Wolken sich wieder verzogen. Meerblau zeigte sich jetzt der See. Die Surfer kehrten heim, wie aus einer Schlacht. Die Badenden flohen in ihre Handtücher. Zelte und Wohnwagen wurden wieder zu Schutzburgen.

Das gegenüberliegende Ufer war jetzt lächerlich nah. Der See nur ein Tümpel. Nichts hielt den Spaziergänger auf.

Lena nahm eine Schweigephase. Und meine Geschichten prallten von ihr ab, wie ein Tennisball an einer Betonmauer. Ich pfiff deshalb ein Lied. Da steckte sie mir einen Finger in den Mund, um mein Lied zu sabotieren. Als sie den Finger wieder herauszog, ging das Lied weiter.

Das Gehen war wieder selbstverständlich. Meine Beine schmerzten nur, wenn ich einen Moment lang anhielt, um auf den See zu schauen. Gehend aber waren die Beine ein laufender Motor, der das Übrige mühelos fortbewegte.

Einen Augenblick lang bedauerte ich es, daß wir Maria Beig nicht besucht hatten. *Nichts auf der Welt scheint zwei Sätze wert zu sein. Aber einen Satz ist alles wert.* Das hatte Martin Walser über sie geschrieben. Schöner hätte er es nicht sagen können.

Rechts lobpreisten die Weinhänge das Leben der Menschen überhaupt. Links versteckte sich der See hinter Bäumen und Sträuchern.

Der erste Blick auf Meersburg ist mit dem Öffnen des Vorhangs nach der Ouvertüre einer Wagneroper zu vergleichen. Yachthafen und Schwimmbad stehen fürs Profane.

Als wir näher kamen, erstarrte Meersburg.

Abends acht Uhr kam ich dort an; kaum war ich in der Stadt, so sah ich mich wegen meinem breiten Hut schon wieder ausgelacht. Ich ging in der Stadt fort bis nahe an die Glockengießerei, hier fragte ich um ein Wirtshaus.

29.

Wir quartierten uns im *Seehotel zur Münz* ein. Ein Zimmer mit Seeblick. Stand man auf dem Balkon, so hatte man das Gefühl, als wäre man vom See nur durch den Höhenunterschied getrennt. Tatsächlich lag zwischen See und Hotelzimmer nur die schmale Strandpromenade, auf der jetzt, an einem frühen Werktagabend, nur wenige Touristen entlangpromenierten.

Der erste Blick durch das weiße Sprossenfenster, dahinter See und Wolken, war ein cineastischer Blick. Und Lena, die sich lustvoll, schmerzvoll aufs weiße Bett warf, war meine Diva.

Ihre Kopfschmerzen hatten sich verschlimmert. Dennoch schleppte sie sich ins Bad, duschte, wusch sich die Haare, wusch den Staub weg, den Ärger und die Freude. Dann wickelte sie sich in ein weißes Badetuch und stieg als Immaculata in meine Kulisse.

Sie betrachtete den See durch geschlossene Augen. Als sie die Augen auftat, war der See verschwunden. Ein Auge sah aus, als krümme es sich vor Schmerzen. Ihr Gesicht war blaß, trotz der Sonne, die auf sie eingestürzt war.

Ich holte aus dem Restaurant etwas zu essen. Sie aß nur wenige Bissen. Danach erbrach sie sich. Ich rieb ihr die Füße mit Franzbranntwein ein, und drückte auf ihren Fußballen herum. Traf aber die Meridiane nicht, die für den Kopf zuständig waren.

Ich nahm das Zen-Büchlein zur Hand und las ihr vor: *Eines Tages fiel Chou-Chou in den Schnee und rief: „Helft mir auf! Helft mir auf!" Ein Mönch kam und legte sich neben ihn. Chao-chao stand auf und ging davon.*

Lena lächelte, dann schickte sie mich auf den Balkon. Dort ging die Sonne gerade über der Mainau unter, und die Fähren sahen aus wie Dschunken, die im roten Wasser aneinander vorbeiglitten.

Lena lag auf dem Bett und wimmerte selbst im Schlaf. Erst der Morgen brachte ihr Besserung.

Wie geht es weiter? fragte ich.

Sie antwortete mir mit einem Koan: *Laß uns die Hüte suchen, die wir bereits auf dem Kopfe tragen.*

Dann drängte sie zur Burg. Zog hurtig an ihren Schritt, und stieg, am Wilden Mann vorbei und am Falbentor, die Steigstraße hoch bis zum Halsgraben. Ein Mühlenrad noch. Und dann die Burg. Die Brücke davor. Das Tor ist geöffnet. Eintrittskarten verderben die Stimmung.

Doch beschaulich ist die Vergangenheit.

Eine Puppenstube, in der der heilige Georg über die ledernen Feuerlöscher wacht, und in der mit Miniaturkanonen Salut geschossen wird.

Beschaulich ist die Vergangenheit, wenn's treppauf in die mittelalterliche Wohnstube geht. Wann empfängt man die fahrenden Ritter und Sänger? Macht sich die Manessische Liederhandschrift einen Reim darauf? Ich warte auf dem Hocker mit den Fellen. Höre zu, dem Gemurmel der schweinsledergebunden Folianten. Wer versteckt sich im Ulmer Schrank? Welches Essen gart in der Burgküche, auf dem massiv gemauerten Herd? Was kommt auf den Ausgußstein?

In welchen Harnisch, in welche Rüstung wird wer wann gesteckt? Zu Schutz- und Trutzwaffen greifend. Und präsentiert: Auf den Ritter-Bildnissen, die die Wand tapezieren.

Genug Sicherheit bietet die Burg. Nichts wirft sie um. Kein Krieg und kein Aufstand. Dem Dreißigjährigen hat sie getrotzt und dem letzten. Jetzt trotzt sie der Zukunft.

So beschaulich ist die Vergangenheit: Nach den Merowingern kamen die Karolinger, ihnen folgten die Welfen. Ein Herzog löst den Bischof ab; der Bischof löst den Grafen ab, ihm wieder folgt der Freiherr.

Die Burg aber bleibt. Die Burg ist sicher. Und das Wassser im See ist blau. So blau, wie es immer war. Alles andere ist Lüge. Ist Lüge und Lästerei. Dümmliches Untergangsgerede.

Und wie wird der Wein?

Der Sechsundachziger.

Denk jetzt an die Gültigkeit der Verse, laß uns mit schnellen Schritten vorangehen.

Trink aus – die Alpen liegen stundenweit.

Auch hier der Blick aus dem Fenster: Noch weiter der See jetzt, noch tiefer das Blau.

Zum soundsovielten Male *Das Geistliche Jahr* überarbeitend, sitzend, liegend, wie es die Gesundheit erlaubte.

Ich berühe die Möbelstücke, berühre sie so achtsam, als wären es Körper. Gehe in den Räumen hin und her, als gäbe es keine Zeit, und somit nie ein Getrenntsein. Betrachte die Bilder, als müßte ich mich mit ihnen auseinandersetzen, die Droste verteidigen. Möchte mich hinlegen auf ihr Bett und sterben. Unsterblich sein. Und wieder am Fenster: der Blick auf den See und das Land. Nachvollzogene Sehnsucht nach Levin.

Wohl ziemt es mir, in Räumen schwer und grau
Zu grübeln über dunkler Taten Rest

Lesend alles begreifen wollen, was einem doch nur das Leben begreiflich machen kann. Selbst jemand sein, den man Zuflucht nennt. Ein sicherer Fels in der Brandung.

Lena liest noch in den Handschriften, während ich schon die Wendeltreppe hinunterfliehe, dem alten Wehrgang mit seinen Streitäxten und Keulen entkomme. Und auch dem Christusbrunnen, aus dem der Freiwein floß, Raum derber Geselligkeit. Da hängen die Jagdtrophäen, die abgezogenen Häute. Tropft Blut. Da igeln die Saufwörter sich nicht ein.

So laut ist das Dumme.

So stark ist das Grobe

Immer auf der Flucht die Poesie.
Und ist doch stets die einzig Überlebende.

Aus meinem Kopf springen Verse. Ich lasse sie hier. Hier gehören sie hin. Nicht neben die Droste. Doch ein Stück weit darunter. Oder dahinter. Ein wenig in der Nähe zumindest.

Am Hohenstaufengang hatte Lena mich eingeholt. Ums Burgverließ scharten sich schaurig ein paar Kinder. In der Fürstenhalle warteten die Turnierhelme auf ein Signal.

Nur das Turmgelaß, in dem einst Levin Schücking wohnte, als Bibliothekar in Diensten von Laßleben, läßt uns ein paar Augenblicke verweilen. Augenblicke der Droste geweiht und gewidmet. Ihr Blick in den Spiegel, ein Augenblick der Selbstinnewerdung. Ein Leben, das sich in Blicken vollzieht. Schicksal welch schreckliches Aug-in-Aug.

Die Burg lastete jetzt schwer, erdrückte Lena den Kopf. Auch draußen noch, auf dem Weg an den einstigen Pferdeställen vorbei, bis hin zur Turmkapelle. Erst oben, in der Parkanlage des Neuen Schloßes, verlor sie an Schwere, auch weil ein paar Wolken der Sonne den Weg versperrten. Leicht ruhte ihr Kopf in meinem Schoß, und ich las ihr vor aus der Droste:

Erwacht! der Zeitenzeiger hat
auf die Minute sich gestellt;
Dem rostigen Getriebe matt
Ein neues Rad sich zugestellt;

und blätterte weiter und las:

Blick in mein Auge – ist es nicht das deine
Ist nicht mein Zürnen selber deinem gleich?
Du lächelst – und dein Lächeln ist das meine,
An gleicher Lust und gleichen Sinnen reich;
Worüber alle Lippen freundlich scherzen,
Wir fühlen heil'ger es im eignen Herzen.

Am See unten hatten sich die Wolken wieder verzogen.

Wie schnell das hier geht, sagte Lena. Und wollte auf die Mainau.

Danach, sagte ich, danach. Erst ein Felchen in Mandelbutter. Den Meersburger Wein dazu, den Weißherbst. Es heißt, er wäre ein heimlicher Roter, weil aus Burgundertrauben gewonnen, doch weil ohne Vergärung der Maische gekeltert, erhält er nur diese zartrosa Tönung.

Ich betrachte die Flasche und las das Etikett. *Sonnenufer* stand drauf. Und *1985*. Ich empfand etwas Heiles dabei.

Wie wird der Wein dieses Jahr?

Deck dich mit alten Weinen ein, nur so entkommst du der Zukunft. Ein Wein aus früherer Zeit, der kann einen trösten, hinweg einen trösten in eine andere Zeit. Da kannst du dann schwelgen und schweben. Doch kaum, daß ich schwelge und schwebe, meldet die Politik sich zu Wort: Verseucht war alles schon vorher. Tschernobyl war weder Anfang noch Ende. Nur die kurzlebige Panik hat das alles chaotisiert. Aufgewirbelt und durcheinandergebracht. Das Verwirrspiel der Politiker. Ab heute aber wird wieder geglättet.

Ich dachte an Seume. *So kurz und leicht ist die Weisheit der Mauleseltreiber und der Politiker.*

Da kommt ein Schiff von Konstanz her. Doch Lena will nicht mehr auf die Insel. Ins Hotel will sie.

Der Kopf wieder, sagt sie.

In meinem Kopf sind alle Wege abgestürzt. Nichts will sich mehr kunstvoll befestigen. Alles Künstliche bricht in sich selbst. Ich schaue vom Balkon auf den See. Weit draußen treiben Segelboote. Wenn ich nach rechts mich drehe, verkehren die Fähren. Der See direkt unter mir, soll lediglich da sein. Funktionen verlange ich nicht.

Lena hat sich hingelegt. Der Kopf braucht Ruhe. Ein wenig Schlaf wird ihr guttun.

Später gehe ich einkaufen: Käse, Obst, Brot und Wein.

Ich will sicher sein, daß wir das Hotel nicht mehr verlassen müssen. Aber so darf ich Lena nicht kommen.

Sie lacht: *Nur eines ist sicher: Nichts ist sicher. Und selbst das ist nicht sicher.*

Dann schläft sie ein, wacht auf, schläft ein. Der Kopf läßt sie nicht in Ruhe. Will das Gekreische der Möwen hören und sehen den See mit geschlossenen Augen. Will gehen durch das *torlose Tor*.

Lange schon ist es dunkel. Die Fähren gleiten auf der dunklen Wasserstraße so dicht aneinander vorbei, daß es scheint, sie berührten sich. Noch immer sitze ich auf dem Balkon und schaue auf den See. Die Lichter vom gegenüberliegenden Ufer blinken festlich.

30.

Ich sah den fliegenden Sebastian. Eingeschmiert mit einer braunen Salbe, die er *Flugsalbe* nannte, schwamm er nackt durch die Luft.

Die Schwimmbewegungen, die er anstellen mußte um vorwärts zu kommen, sahen grotesk aus. Sein Schwanz und der Hodensack schlenkerten absichtslos umher, und wenn er an Höhe verlor, dann klatschte der schlaffe Schwanz an den Bauch.

Er flog direkt auf mich zu, doch dauerte es, bis er den Balkon erreicht hatte. Und als er sich dann in den Gartenstuhl, der neben mir stand, fallen ließ, da keuchte er ganz erbärmlich. Seine Bronchien rasselten. Es pfiff sein Atem. Er rang nach Worten, doch die wollten nicht heraus.

Von wo aus er denn gestartet sei, fragte ich.

Sehr ungenau deutete er in eine Richtung, wechselte diese fuchtelnd, und führte mich in die Irre. Von Überallher und von Nirgendwo.

Ich suchte eine Decke für ihn, mit der er seinen, wohl durch die Paste geschmeidig und jugendlich gewordenen, Körper bedecken sollte.

Die Luft bietet wenig Widerstand. Man strampelt sich förmlich zu Tode. Rudert, rudert, und kommt nicht vom Fleck. Zu wenig vielleicht vom *Sturmhut* und vom *indischem Hanf* darin, von guten Beschleunigern also; zu wenig auch *Mondraute,*

Bocksdorn und *Widertan;* die Antriebskraft, zumindest, läßt zu wünschen übrig. So jedenfalls ist die Salbe nichts wert. Eine sinnlose Erfindung mehr.

Lena war aufgewacht und hatte vom Bett aus ihm schon zugehört.

Nun kam sie näher und mischte sich ein. Fragte, ob es denn überhaupt sinnvoll wäre, den Körper mit einzubeziehen, oder man nicht besser aus demselben schlüpfen um auf astrale Weise sich auf die Reise zu begeben.

Dabei aber geht das Körpergefühl, welches auch unvorstellbar angenehm sein kann, verloren, hielt ihr Sebastian entgegen.

Es schlug gerade Dreiviertelzwölf, als Lena bat, es ausprobieren zu dürfen. Und weil die Zimmernachbarn, klopfenderweise, unseren Lärm beanstandeten, stimmte Sebastian zu.

Im Nu war Lena aus ihrem Hemd geschlüpft, griff in die Salbe und rieb, vorsichtig erst, sich ein. Und ich tat es ihr gleich, schmierte die braune Paste, die bald eine Hitze entfachte von den Beinen bis hoch zum Hals, auf einen, schon ungeduldig verharrenden, Körper.

Der Rücken kann freibleiben, sagte Sebastian. Nur dürft ihr beim Fliegen nicht lange in der Rückenlage verweilen, sonst stürzt ihr ab.

Kaum waren wir eingesalbt, kletterte Sebastian auch schon auf die Brüstung. Tief einatmen, forderte er, die Atmung nämlich reguliert den Flug.

Schon hob er ab, gewann an Höhe, ohne weitere Bewegung, stieg hoch wie ein Heißluftballon. Und Lena ihm hinterher.

Ich zögerte noch, traute mich nicht auf die Brüstung, aus purer Angst vor der Höhe. Und während Lenas jauchzender Schrei schon die nächtliche Stille durchdrang, klebte ich noch immer am Nest; ein ängstlicher Vogel beim ersten Flugversuch.

Doch die Sehnsucht war stärker als die Angst, und so kletterte ich auf die Brüstung und schlug mit den Händen, als wären es Flügel, hob ab, doch der Flug war nicht von Dauer. Ich flog, mit dem Kopf voraus an den Dachfirst, prallte dort ab, doch sackte ich behutsam zurück. Der Kopf tat nicht weh, eher schmerzte die Scham.

Ein neuer, ein besserer Versuch, dachte ich. Im Hechtsprung übers Geländer und dann hinaus auf den See. Und siehe, er gelang, gelang prächtig, denn schon ruderte ich ehrgeizig mit Armen und Beinen, ein Frosch in der Luft, den beiden hinterher. Und holte sie ein bei den Anlegeplätzen.

Bald wurde ich sicher im Umgang mit Atem, Händen und Beinen. Gewann an Höhe, wenn ich tief einatmete und dabei Arme und Beine weit von mir spreizte. Und wie ich schwebend hinabglitt beim Ausatmen.

Übermütig geworden manövrierte ich Sturzflüge, indem ich mich rasch auf den Rücken drehte, um dann, wenige Meter über dem Wasser, durch eine schnelle Drehung in die Bauchlage, bei gleichzeitigem, kräftigem Atemholen, wieder emporzusteigen wie Phönix aus der Asche.

Die Schwerelosigkeit, in der ich mich dann befand, Arme und Beine wieder von mir gespreizt, wie ein Fallschirmspringer im freien Fall, aber machte mich überheblich. Von oben herab war das Untere plump. Es kroch nur. Es wand sich. Es krümmte sich.

Kreaturen, mit untragbaren Lasten bestraft, die sie hin- und herschoben, verlagerten, doch niemals loswurden.

Da draußen aber, über dem See, war die Welt noch nicht erschaffen. Und der See gehörte Gott. Oder Martin Walser. Oder niemand.

Ich tanzte mit Lena einen Lufttanz. Der war übermütig. Saltos schlugen wir und Purzelbäume. Schrauben drehten wir und Luftpirouetten.

Sebastian aber strampelte nur. Ungraziöse Bewegungen waren das, Schwimmbewegungen eines Nichtschwimmers.

Da rief er: Kommt, wir fliegen zum Dagobertsturm! Hier draußen läßt sich ja kein Wort reden.

Er machte kehrt, flog uns jetzt voran, Richtung Meersburger Hafen. Dort, beim Gredhaus, hatten wir ihn wieder eingeholt, und nahmen ihn in unsere Mitte. Und flogen über die Stadt; übers Hexengäßle und die Unterstadtstraße entlang, über die Winzergasse zum Falbentor und hoch auf die Burg.

Wir atmeten aus, schwebten wie Engel herab, und landeten auf dem Dagobertsturm. Doch dort pfiff der Wind uns kalt um die Haut. Hatten wir ihn erschreckt? Er zeigte sich jedenfalls aufgebracht und wollte vom Turm uns blasen.

Doch um uns zu beweisen, jagten wir ihn nun. Um alle Türme herum, und um jedes Gemäuer. Bis Sebastian ins Burggärtle rief. Der Brunnen plätscherte. Sebastian keuchte. Lena machte einen Kopfstand auf den Zinnen. Das ärgerte Sebastian. Hör auf zu zappeln, schimpfte er, und zog sie herunter. Die Angelegenheit wäre ernst genug.

Da zeigten wir uns verwundert. Von was er denn spräche, wollte ich wissen. Und demonstrierte Leichtigkeit, hob ab, ganz mühelos schwebend.

Da fischte er nach meinem Fuß, griff zweimal daneben, beim dritten Mal aber zog er mich herab.

Ein Frosch in der Luft, der Flügelschlag eines mißgebildeten Vogels. Die Salbe taugt nichts, jammerte er.

Doch nicht die, nennen wir sie, technischen Dinge, sind es, nicht die albernen Verrenkungen, zu denen unser Körper nun mal nur fähig ist, ich denke, das Bewußtsein ändert sich nicht. Außer Fliegen lernt man nichts. Und das nicht einmal richtig. Im Gegenteil: Überheblich und selbstgefällig macht es. Und geringer noch wird die Achtung vor den Gesetzen der Natur.

Ich widersprach ihm. Nur eine erste Auswirkung sei es. Ein kurzes Ausschlagen ins andere Extrem.

Wie ein Pendel dem aus der Bewegung die Balance widerfährt, unterstützte mich Lena.

Ein Sternengreifer bist du und ein Luftschlösserbauer, ein Seiltänzer schon von Geburt, so nannte er mich.

Und sagte zu Lena: Du bist eine nichtzubelehrende Hoffnungsträgerin, trägst sie als Trophäe und Schild. Ein Speer ist deine Hoffnung und ein Panzer. Trägst sie vom einen ins andere Leben. Rüstest dich auf und wieder ab. Laß einmal fallen die Hoffnung, dann kommt das Erwachen.

Und dann? fragte Lena.

Ich glaube dann ist nichts mehr. Einfach nichts. Ein endloses ewiges Nichts.

Die Uhr schlug eins. Wir wurden unruhig. Das Sitzen wurde uns lang. Fliegen wollten wir wieder. Auf den See hinaus und weiter. Übers Land weit weg oder nach Hause. Ganz gleich. Nur schwebend sein. Und so die Welt betrachten. Von oben herab. Sebastian aber zierte sich, brachte Einwände, erfand Ausreden. Und spielte den Enttäuschten, als wir darauf nicht eingingen. Er beharrte darauf, daß seine Erfindung nichts tauge.

Da wurde es Lena zu bunt. Tief atmete sie ein und hob wieder ab von der Zinne. Drehte Schleifen und Schnörkel. Und ich folgte ihr um den Dagobertsturm. Schlug Kapriolen und flog über die Stadt hin zum See. Sebastian flog hinter mir her. Ein zappelnder Frosch in der Luft, der rief plötzlich:

Folgt mir zum Aufbaugymnasium! Dann drehte er um und flog uns voran.

Wer fliegen will, muß erst sehen lernen, keuchte er. Und flog die Sternwarte an. Schaut nur, seht her. Ganze Galaxien die ihr versäumt, in euerm albernen Flug. Dagegen hilft kein Kraut, keine Paste, rief er. Und drehte dann ab. Im Sturzflug auf die Stadt. Und als er stürzen wollte, drehte Lena ihn, wie man den Ochsen dreht am Spieß, in die rechte Lage zurück. Am Gredhaus vorbei, ein Stück raus auf den See, und dann im Bogen zurück zum Hotel.

Da saßen wir wieder. Für ein paar Minuten ganz still. Bis Sebastian sich verabschiedete, aufs Geländer kletterte und davonflog. Flügelschlagend, wie ein aus dem Nest gefallener Spatz, tauchte er ein in die Nacht. Der See lag jetzt ruhig. Die Lichter am Ufer wirkten nutzlos. Meersburg schlief.

31.

Lena drängte zum Heimfahren. Thekla hatte gejammert, ihr wachse die Sache über den Kopf. Von morgens bis zum Abend im Laden. Ohne Pause. Dazu die Bank. Und ständig die Anrufe. Ich hätte mit Thekla heute nicht sprechen sollen.

Die Welt war ihre Sorgen los. Und hat sie über mich geschüttet. Über den kleinen Buchladen. Vielleicht aber war es auch richtig jetzt heimzufahren. Die Bücher verwildern sonst, dachte ich. Vielleicht hatte die Welt auch noch immer ihre Sorgen, trug diese aber jetzt still und geduldig.

Lena hatte noch immer die Schmerzen im Kopf. Sie zogen sich über den Nacken bis in die Schultern. Der Kaffee tat ihr nicht gut, und sie mußte sich wieder erbrechen.

Ich packte unsere Rucksäcke, dann rief ich Thekla an. Sie klang wieder genervt, doch als ich ihr sagte, daß wir morgen wieder im Laden wären, plauderte sie plötzlich auf mich ein, und erzählte lauter Nichtigkeiten bis ich kein Kleingeld mehr hatte.

Mit dem nächsten Schiff fuhren wir nach Friedrichshafen. Vom Deck des Schiffes wurden die Wege sichtbar, die wir gegangen waren. Der See war unruhig. Der Wolkenhimmel bewegte sich konfus, es schien, in alle Richtungen gleichzeitig.

Die Ufer waren erdrückend nah. Es war kühl, auch wenn man geschützt vom Fahrtwind saß.

Lena hielt ihren Kopf so gerade, daß es aussah, als balanciere sie ihn. Sie schaute zu, wie Meersburg kleiner wurde. Vom Dagobertsturm, der nur noch ein Schattenriß war, schaute der Merowingerkönig. Weil er nicht winkte, schloß Lena die Augen, und gab wieder acht, daß der Kopf an Ort und Stelle blieb.

In Friedrichshafen bekamen wir gleich Anschluß. Als der Zug sich in Bewegung setzte, drückte Lena meine Hand, wie vor einer großen Reise. Dann schenkte sie mir ein Koan. *Der Schatz ist zu Hause, aber um ihn zu finden mußt du in die Fremde gehen.*

Ich versuchte den See noch eine Zeitlang festzuhalten, dann ließ ich ihn gehen, und beobachtete die Bussarde, die über einem Feld kreisten.

Ich dachte an Werner Herzog. Zuhause würde ich gleich den letzten Tag seiner Fußreise lesen. Wie er die Eisnerin, müde zwar und von der Krankheit gezeichnet, doch lebend antraf.

Da sah sie mich an und lächelte ganz fein und weil sie wußte, daß ich einer zu Fuß war und daher ungeschützt, verstand sie mich. Einen feinen kurzen Moment lang ging etwas feines durch meinen todmüden Körper hindurch. Ich sagte, öffnen Sie das Fenster, seit einigen Tagen kann ich fliegen.

Der Zug hielt in Meckenbeuren, später in Ravensburg und Aulendorf. Ich schaute aus dem Abteilfenster. Die Landschaft war eine andere als beim

Gehen. Nicht, weil der Zug eine andere Strecke nahm, die Geschwindigkeit war es, die eine andere Wahrnehmung forderte.

In Biberach hielt der Zug länger. Er mußte auf einen Anschlußzug warten. Das beunruhigte viele. Sie rissen die Fenster auf und hielten nach allen Richtungen hin Ausschau, selbst dort, wo keine Gleise waren.

Ich griff nach einer Zeitung, die einer beim Aussteigen nicht mitgenommen hatte. Ich las: Die Polizei räumte ein Zeltlager der Atomkraftgegner und nimmt dabei mehr als 100 Personen fest.

So ganz war die Welt ihre Sorgen nicht los.

Nach einer guten Viertelstunde setzte der Zug sich wieder in Bewegung. Ich schaute aus dem Fenster, betrachtete die Landschaft, eine Reihe rasch aufeinanderfolgender Bilder, von denen sich keines recht einprägen wollte.

Die Donau begleitete uns das letzte Stück, und bald sahen wir den Münsterturm, der an den Himmel klopfte.

Ich drückte Lenas Hand, denn alle Zuversicht hatte sich in mir versammelt. Die dunklen Wolken, die die Abendsonne lilafarben erscheinen ließ und einen endgültigen Untergang der Welt prophezeiten; die Natur, die mit einem Male mitspielte, konnte mich nicht mehr schrecken.

Epilog

Der wahre Weg geht über ein Seil, das nicht in die Höhe gespannt ist, sondern knapp über dem Boden. Es scheint mehr bestimmt stolpern zu machen, als begangen zu werden.

Franz Kafka